俺の召喚魔法がおかしい
～雑魚すぎると追放された召喚魔法使いの俺は、現代兵器を召喚して育成チートで無双する～

木嶋隆太

GA文庫

カバー・口絵・本文イラスト
鈴穂ほたる

俺の召喚魔法がおかしい

～雑魚すぎると追放された召喚魔法使いの俺は、
現代兵器を召喚して育成チートで無双する～

木嶋隆太

GA文庫

俺の召喚魔法がおかしい
～雑魚すぎると追放された
召喚魔法使いの俺は、
現代兵器を召喚して
育成チートで無双する
木嶋隆太
ill. 鈴穂ほたる

CONTENTS

Ore no Shoukan
Mahou ga Okashii

リア
ナーフィ

シドー様も疲れを
とらないとね？

アンナ
大丈夫。
私達全員集まれば、
あんな敵は余裕です。

プロローグ

俺《おれ》はさっきまで、日本の地方の高校に通う、普通の高校生だった。

今は異世界に召喚された普通の高校生だ。うん、普通じゃないことは分かっている。

俺の目の前には美しい女性がいる。この国の、王女様——アイラ王女だそうだ。

「勇者様方には、これより魔王を討伐してほしいのです」

勇者様方。つまりまあ、召喚されたのは俺だけではない。クラス全員だ。

クラスメートの反応はさまざま。

異世界召喚に沸き立つもの、家に帰りたいと泣き出すもの、未《いま》だに困惑しているもの……などなど。

俺は、どちらかといえばこの状況に興奮していた。

わが家はあまりお金がないため、ネット小説などを読み漁《あさ》ることが多く、こういったジャンルの作品を読みまくっていたからだ。

もちろん、懸念事項もあるのだが、めっちゃ可愛《かわい》い王女様に涙目でうるうると頼まれたともあれば、そりゃあ俺も男子高校生。やる気になってきてしまうものだ。

地球に戻る方法は今のところ判明していないらしいが、これはあくまで契約魔法であるため、魔王を討伐してくれれば、その契約も解除され、元の世界に戻れるはず……と言われた。

結構むちゃなお願いだ。

帰る方法は定かではないが、多くの人たちはわりとやる気になっていた。異世界召喚された際に、皆が力を与えられたこともあったからだ。

俺だって勝手に、自分がヒーローになれるかもと淡い期待をしていたものだ。

「これから、皆さんの能力を確認していきます。こちらに並んでください」

王女様の声に合わせ、俺たちは神官のようないでたちの男性の前に並ぶ。

異世界召喚された俺たちは何かしらの力が与えられているらしい。

最初の一人が、手から火を放ったのを見て、期待が高まっていく。俺だけではない。それまでどこか懐疑的だったクラスメートたちの気分も高まっていく。

クラスメートたちが、続々と火を出したり、水を出したりと異世界的な超常の力を顕現していく中、俺の得意魔法は――。

「え⁉　召喚魔法ですか⁉」

そう。俺の能力は召喚魔法だったらしい。

世界に数人しかいない鑑定魔法を持つ人に見てもらい、判明した。

一応、自分の能力なら自分で調べられるのだが、自己申告では不確定要素もあるため、鑑定魔法で調べてもらっている。

俺の眼前には、『シドー・トヨシマ　レベル1　召喚魔法　収納魔法』というゲームのウインドー画面のようなものが表示されている。

この収納魔法に関しては全員が持っているらしい。

いわゆるアイテムボックス、便利なやつだ。

「召喚魔法って、凄《すご》いんですか？」

寄せられた美しい王女様の顔からか、はたまた自分の能力がチートなのでは？　という思いからか、バグバグと心臓を高鳴らせながら問いかける。

もしかしたら、俺が本当に異世界でヒーローになれるかもしれない……！

今その瞬間、王女様の眼差《まなざ》しのすべては俺に向けられていたことだろう。

クラスメートたちのどこか嫉妬《しっと》交じりの羨望《せんぼう》の眼差しも心地よい。

「召喚魔法といえば、この勇者召喚の魔法陣を作った偉人と同じ魔法ですよ……！　彼は、ドラゴンやフェンリルといった最強種の魔物を召喚、使役し、魔王の軍勢を退けたとされています……！　しょ、召喚魔法を、使ってみてください！」

それはもう、期待と尊敬が入り交じり、俺に体を寄せてくる王女様。

お、おっぱいが当たっている。

ふにふにでぷにぷに。

露骨な色仕掛けだとは思う。ただ、それを拒否できるような強い心は持ち合わせていない。

俺はそれはもう鼻の下を伸ばしながら、召喚魔法を発動した。

俺の足元に魔法陣が出現し、片手に出現したのは——。


「……ハンバーガー？」

「……おっ、美味《うま》そう」

クラスメートの誰《だれ》かの声が聞こえた。

そう。俺の片手に現れたのは、ハンバーガーだった。それも、俺が大好きなビッグマッグだった。

え？　ドラゴンは？　フェンリルは？　期待していた俺はもちろん、期待してくれていた王女様も俺からすっと離れ、

「ハンバーガー……それは、魔物ですか？」

「……いえ、ただの食べ物、です」

「……は？　ゴミじゃん」

冷たく言い放たれた。

ゴミ。ゴミと言われた。

俺にしか聞こえない声で、俺にしか見えない見下した目で。

一瞬で俺への興味を失い、柔らかな感触が離れていく。

その冷め切った、絶対零度のような視線を受け……俺は異世界に召喚されてから、一番興奮していた。

それから、王女様は次に優秀な魔法を持っていたクラスメートのところに行って、猫なで声をあげて擦《す》り寄《よ》っていた。

……もう俺のことなど眼中にはないようだ。

まあ、俺の人生そんなものだ。

とてもじゃないが、主人公にはなれそうになかった。

第一章　きな臭いよこの国

異世界に召喚され、数日が経過した。

俺はハンバーガー召喚士としてクラスメートたちからは少しだけ喜ばれるような立場となっていた。

あくまで、少しだけ。王城で用意された豪華な食事の数々に、さすがに俺のハンバーガーでは太刀打ちできなかった。

一部のジャンクフード好きの人たちから、たまに召喚を頼まれる程度。

それが今の俺の日常だ。

まあ、友達が少しできたことは嬉《うれ》しかったが、王女様の判断では使えない勇者、と判断されている今の俺の立場は非常に悪い状況だ。

何でも、親しくなったクラスメートの田中くんと佐藤くんから聞いたのだが、俺をこの城から追い出そうと王女様は計画を立てているらしい。

王女様に恥をかかせたという意味もあるそうだ。まあ、俺としては下手に戦わされるよりものんびり異世界を旅できるほうが楽しそうだからいいんだが。

とにかく俺は、皆が訓練に励む中、俺は毎日ハンバーガーを召喚してはアイテムボックスにぶち込む日々。

毎日がとても暇だ。他のクラスメートたちは戦闘用の魔法を持っているため、毎日訓練に参加しているのだが、俺は邪魔だそうで訓練にも参加させてもらっていない。

ひとまず、収納魔法に余裕はあるので、今は非常食を用意していた。幸い、この魔法の中に入れておけば腐らないみたいだからな。

毎日訓練していて分かったのだが、どうやら小物であればいろいろと召喚できるようなのだ。たぶんだが、今の俺の魔力の総量に合わせた金額の品が召喚できる。

今の俺だと、五百円くらいの物までは召喚できるので、食料品に関して困ることはなかった。召喚できるのは、食料品だけじゃない。五百円程度までなら、小物なども召喚できる。

多分鍛えていけば、地球産の武器なども召喚できるようになるだろう。……ひとまずは、そこに到達するのが今の目標だ。

お菓子などを召喚できるようになったおかげで、また少し友達が増えはしたが、王女様の評価が上がることはなかった。

ひたすら、非常食を集めながら、この世界の情報を集めるため……俺は今日も書庫へと来ていた。

書庫へと来た俺は、書庫を管理している司書の女性と今日も話していた。

「……それにしても、このジュースというもの、とても美味《おい》しいですね」

……俺が渡した貢ぎ物を司書の女性は嬉《うれ》しそうに飲んでいく。

メガネをかけたどこか引っ込み思案な雰囲気の女性だ。けれど、体の一部はとても自己主張した豊かなお胸をしており、嬉しそうに吐息を漏《も》らしたときにぷるんと揺れる様を俺は楽しんでいた。

「でしょ？　それで、昨日の話の続きなんですけど……」

「……あっ、そうでしたね。このラフォーン王国の現状なのですが――」

それから、司書はスラスラとラフォーン王国の愚痴をこぼしていく。

それはもう、アレコレ出まくる。兵士たちも似たように不満を溜《た》め込《こ》んでいるようであり、司書はいろいろな話を聞いているそうだ。

……このラフォーン王国、結構まずい国かもな。

王女様は、魔王軍……まあ、魔族の軍隊からこの国を守るための戦いと言っているが、こちらから攻め込もうと準備をしているらしく、それに合わせてかなり無理に税などを巻き上げているそうだ。

そのせいで、この国の特に平民たちがかなりの不満を集めているようだ。

どうしてそこまでして魔王の領土へと攻め込もうとしているのかについては、理由は不明だ。

……とにかく、かなり危険な状況であることには変わりない。

攻め込むというのであれば、恐らく兵力だけではなく他の部分でもかなりのものが必要になるだろう。

……それこそ、食糧とか。

現状、俺はハンバーガーといくつかの食品しか召喚できない……と思われている。

だが、今後成長していった時——俺の価値は跳ね上がることになるはずだ。

「いろいろ聞けて、助かったよ。ありがとな」

「いえいえ。こちらも美味《おい》しいものを頂けてよかったです」

司書の嬉しそうな笑顔に俺は癒《いや》されつつ、今後の動きについて考える。

……王女様に価値ある物としてボロ雑巾《ぞうきん》のようにこき使われるのは興奮する……ではなく、さすがに嫌だ。

何より、魔王軍との戦いの前線に立たされるのは真っ平ごめんだ。

……どうにかして、逃げ出したいものだ。


書庫から自室へと戻ると、ちょうど兵士がやってきた。

何でも、王女様がお呼びらしい。

俺はすぐに王女様の自室へと入ると、彼女は興味なさそうな視線を向けてきた。

相変わらず美しいのだが、俺を見る目は明らかに見下している。

いやあー、興奮するね。

「シドー・トヨシマ……様。戦力にならない人間の教育を行う時間はありませんので、あなたには手切れ金を渡しますのでどこかで自由に生活していてくれませんか？」

様、とつけるのも面倒な様子で、王女様は俺の名前を言って、当面の生活費である金貨三十枚ほどを渡してきた。

一応お金を持たせてくれたのは、彼女らが勇者を何もせず追放したと思われないためだろう。

……タイミングが良いな。

「そうですか……分かりました。……俺だけを元の世界に戻す、とかもできないですよね？」

「ええ、できません。召喚魔法は契約魔法でありますから」

早く出ていってくれない？　といった様子でこちらを睨《にら》んでくる。

……ふう。

俺も願ったり叶《かな》ったりだったので、残念そうな演技をしつつ追放されておこう。

あんまり口答えして、暴力に訴えられたらごめんだ。

俺は見下されるのは好きだが、痛みを伴ったものは嫌なのだ。精神的エムなのだ。

それに、元の世界に戻るためにはこの国の情報だけではどうしようもないしな。

俺は、俺の方法で元の世界に戻れるように頑張ろう。

なるべく早く帰らないと、家族の生活が大変なはずだ。

わが家は父が亡くなってからというもの、生活に困窮しているわけで、俺のバイト費がなくなってしまえば、妹たちの生活が大変になってしまう。

異世界召喚自体はワクワクするものだが、あくまで短期間での話。

俺としては、何としても日本に戻らなければならない。

可愛《かわい》い、家族たちのために。

王女様の部屋から追い出された俺は、兵士に渡された金貨三十枚をアイテムボックスにしまった。

あと、こうなるだろうと思っていたので、司書から余っていた世界地図ももらっていたので、これでひとまずは大丈夫だろう。

最低限、親しくなった司書やクラスメートたちに別れの挨拶《あいさつ》を行い、王城を離れていった。

第二章……追放された俺がハンバーガー片手に異世界をさまよう

俺はアイテムボックスに大量に入れてあるビッグマッグやマッグシェイクを取り出し、街へと向かって歩きだした。

取りあえず、自分の能力について確認しよう。

俺の召喚魔法は……まだ、弱い。

だが……確実に便利な魔法であるのは確かだ。

初めにハンバーガーを召喚してしまったのは、俺がハンバーガーを求めていたからだ。

そう別のものを求めたらどうなるのか？

その結果が、コンビニおにぎりなどの召喚だ。

そう、俺の召喚魔法は、地球にあるものを召喚する魔法、だと。

俺の召喚魔法は願ったものを俺の魔力が許す範囲で召喚できるというものだ。

とても便利であることは間違いない。

分かっていることは、俺の魔力消費量に合わせ召喚できるものが変わるということだ。

今の俺の魔力だと、ビッグマッグやその他もう少しくらい値段が上がったものしか召喚できない。

だが、魔力は筋肉と同じで使っていくほど強化されるらしいので、魔力が自然回復したらポンポン召喚しまくって鍛えていた。

なので今では、アイテムボックスにはさまざまな食糧が保存されている。

なので、しばらく俺は生活に困らないくらいには食糧を確保している。

もちろん、ハンバーガーだけでは健康に悪いので、サラダとかも仕入れてある。

塩、胡椒《こしょう》といった調味料関係もある。

この世界では塩胡椒は貴重品らしいからな。王城の食事では、それを感じさせない料理ばかりだったが、めちゃくちゃ金がかかっているのは司書の言葉からも分かる。

……追放されてこのままのたれ死ぬのは嫌なので、取りあえず目標は日本に戻ること。

そのためにやるべきことは、魔王を討伐……というのは他の勇者たちに任せようと思っている。

田中くんと佐藤くんも頑張って早く魔王を倒して帰れるようにするから、と言ってくれていたしな。

とにかく俺は、死なないように俺自身の召喚魔法を鍛えないといけない。

それに、俺たちはこの召喚魔法によって異世界へと召喚された。

俺の召喚魔法を鍛えれば、魔王を倒さずに戻る手段も見つかるかもしれない。

例えば、俺の召喚魔法によって日本から俺を召喚する……みたいな。

今だって、俺の召喚魔法は一応地球に繋《つな》がっているわけだし、全く不可能ということはないはずだ。

あとちょっと、うまく噛《か》み合《あ》えば向こうの世界に戻れるかもしれない。

俺自身の召喚がどのくらいの価値になるかは分からないが、今のままではまず無理だからレベル上げ、魔力強化が今後の目標だ。

魔力を強化する手段は、いくつかある。

一つは、今のように魔力を使いまくること。

もう一つは、レベルをあげること。この世界の人たちと同じように、異世界召喚された際に、俺たちにもステータスが与えられている。

レベルは魔物を倒したときに生み出される魔素を吸収することで上げることができるらしい。

分かりやすい表現をするなら、魔素が経験値なんだろう。

魔素を取り込むことで、体の器自体が強化され、相対的に魔力は増えていくし、筋力なども強化されるそうだ。

ただまあ、レベルはあくまで器の強化。もちろん、レベルアップに比例して強化はされるが、肉体の成長の限界が伸びることのほうが大事らしく、日々の鍛錬が大事、と司書も兵士からよく聞いていたそうだ。

まあ、レベル上げの場合魔物と戦うので、体自体も動かすから基本的には魔物狩りをしていれば順調に強くはなれるみたいだけど。

魔力を鍛える場合は、意識的に魔力を使っていく必要はあるんだろうな。

今現在、クラスメートたちは騎士たちとともにレベル上げに励んでいることだろう。

俺としても、レベル上げはしたかったが……この国内では行わない方がいいだろう。

俺たちが召喚されたこのラフォーン王国は……司書たちの不信感もあるように信用ならない。

俺がこの国内での活動を行うとなると筒抜けになってしまう可能性がある。

俺の価値に気付かれてしまうと、呼び戻されるどころか奴隷のように働かされるかもしれない。

肉体的苦痛を伴うものは却下だ。そこに俺を想《おも》う気持ちがあるのならまだ許容しないことはないが、あの王女様のことだ。ボロ雑巾《ぞうきん》のようにこき使ってくるだろう。

なので、この国に残るつもりはない。

第一、王女様やクラスメートたちは俺の能力を軽視しているが、俺の召喚魔法は食品問題自体を解決する凄《すさ》まじいものだ。

攻め込むというのなら、俺の能力はほぼ確実に重宝される。

……俺を奴隷化して、食品工場にさせられる可能性だってあるわけだ。

この国に残ってもいいことはないので、まずは国外逃亡だ。

ラフォーン王国で冒険者登録などもできるようだが、この国内で俺の痕跡は残さない。

まずは安息の地を探し、俺は他国へ向かう馬車を探す。

目指すは、クロームド王国。ラフォーン王国からおおよそ東に位置するこの国は、過去にラフォーン王国とぶつかり合ったことのある国だ。

現在は魔族の脅威があるため、人たちすべての国は停戦協定を結んでいるそうではあるが、それでもラフォーン王国とクロームド王国は依然として仲が良いわけではないため、クロームド王国内で活動している分には、情報が届くことはほぼないだろう。

仮に、俺のことを調べようとしたとしても、ラフォーン王国の人間が自由に行き来すること自体が大変だしな。

それに、治安はラフォーン王国よりもいいらしい。

さまざまな種族が自由に活動できる国でもあるようなので、俺が仮にそこに行っても大きく浮いてしまうようなことはないだろう。

そんなことを考えながら、城下町を歩き……馬車を目指す。

……街内は、どこか鬱屈《うっくつ》とした空気が漂っている。

裏通りのような場所を見てみると……何やらガラの悪い人がいたり、食事をまともに取れていないような子どもの姿もあった。

……少し、心苦しいと思ってしまった。彼女たちの姿が……父が亡くなって泣いていたときの妹たちと被《かぶ》ってしまった。

俺は少し警戒しながらも、子どもたちに声をかける。

「お前たちにちょっと聞きたいことがあるんだが、いいか？」

「……何？」

「馬車の乗り場を探しているんだ。食糧と引き換えに、案内してくれないか？」

……相手は子どもとはいえ、油断はできない。地球でも、海外旅行には気をつけろという話だしな。

あくまで警戒し、少し威圧的な態度とともに、俺は子ども三人のうち、一人に食糧を渡した。

子どもたちは顔を見合わせた後、一人がよろよろと俺のハンバーガーを受け取った。

……それで、逃げられる可能性もあると思ったが、子どもたちは三人でハンバーガーを分け合うと、

「う、うめぇ!?」

「な、なにこれ!?」

感動したような声をあげ、子どもたちはすぐに元気になった。

……よほど腹をすかしていたんだろう。ハンバーガーという、比較的体に悪そうな食事だと

いうのに彼らは生まれ変わったように肌艶《つや》が良くなっている。

「道案内、頼めるか？」

「「「もちろん……！」」」

その報酬として、クロームド王国行きの馬車まで案内してもらう。

……それにしても、とてもここが城下町とは思えないよな。

もっとこう活気に溢《あふ》れているものじゃないだろうか？

「ここが馬車乗り場だから、どこかに目的の場所があると思うよ」

「私たち、文字読めないから……ここまでしか案内できないけど」

「そうか。助かったよ、ありがとな」

「へへ。こっちも何かさっきからめちゃくちゃ元気出るし、冒険者登録でもしてお金稼いでみるよ！　ありがとな、兄ちゃん！」

「そうか……確か、この世界の人たちって収納魔法を持っているよな？」

司書の人から、そんな話を聞いていたので知識を確認するつもりで聞いてみる。

「持ってるけど……この世界の人たち？」

不思議そうに首を傾《かし》げた子どもたち。しまった、ついうっかり言ってしまった。

……今後は、気をつけないとな。

「いや、何でもない。収納魔法、今用意できるか？」

「え？　う、うん？」

そう言った三人に、俺は余っていた食糧を大量に分けてやった。

「え⁉　い、いいのこんなに⁉」

「ああ。皆、冒険者として頑張ってくれ」

「……あ、ありがとう……兄ちゃん」

そう言って手を振って去っていった。……ふう、所詮は偽善かもしれないが……まあこれで少しでも生活が楽になってくればいいなと思う。

それに……彼女たちはまだまだ将来的に成長できるだろう。

ここで、俺に恩を感じてくれて将来、鶴の恩返し的な感じで何か俺に対してムフフなお礼をしてくれるかもしれないしな。

彼女らが将来ナイスボディーに成長することを願いつつ、俺はクロームド王国行きの馬車に金を支払い、馬車へと乗り込んだ。


馬車に乗ってから、俺は何度か眠りについた。

日本にいた時の夢を見ていた。

……忙しいながらも、母や妹たちとの楽しい日々。

俺が大学まで通えるようにと、毎日遅くまで働いている母。

……妹たちだって、部活や友達との遊ぶ約束を断って、家事を分担してくれている。

今、俺がいなくなって皆は……大変じゃないだろうか？

一日でも早く……戻れるようにしないとな。


途中、何度か戦闘のために馬車が止まることがあった。

戦闘が始まる場合、護衛としてついている冒険者が戦いに出ることがあったのだが、今回の冒険者たちは奴隷を連れていた。

その戦闘の様子を眺める。

奴隷、か。

ネット小説などではよくみるし、実際読者として見ていた時はうらやましいものだとしか思っていなかった。

奴隷に対して優しいご主人様たちばかりで、奴隷たちの生活もそんなに悪い物ではなさそうに見えた。俺だって、可愛《かわい》らしい愛情たっぷり向けてくるお嬢様にならば飼われたいと思っていたくらいだ。

しかし、現実としては……あまり奴隷の扱いはよくない。

奴隷が最前線に出て魔物を引きつけるといった、どちらかというと、盾のような使われ方をしている。

基本的に奴隷が前で戦って魔物を引きつけ、主人が援護するという形だ。

……怪我《けが》とかしても放置はさすがになぁ。見ていて、あまりいい気分はしない。

また男の冒険者が、女性の奴隷を数人連れている。戦闘兼慰み用、といったところだろう。

……奴隷の扱いについては、これが普通なんだよな。

こういった奴隷の子たちは親が金欲しさに売ることもあれば、犯罪者が奴隷落ちをすることもあるそうだ。

はたまた、何の罪がなくとも、盗賊たちによって売り飛ばされることもあるのだとか。

奴隷落ちに関して、国によって多少の制限はあるようだが、あってないようなものなんだよな。

奴隷に関しての説明は、王城でも聞かされていた。

というのも、奴隷は勇者を最短で育てるために必要なこと、らしいからな。

奴隷と契約した主人の間には、奴隷紋という繋《つな》がりが生まれる。

この奴隷紋によって、奴隷が倒した魔物から得た魔素の一部が、主人の体にも蓄積されるらしい。

ようは、経験値稼ぎを任せられるそうだ。

この魔素というのは人によって合う合わないというものがあるらしく、奴隷が吸収しきれなかったものが、主人に譲渡されるというシステムだそう だ……まあ、そんな感じで理論的なものをいろいろと司書に教えてもらっていた。

王城では現在、騎士と勇者の間に、不利益《ふりえき》にならない奴隷契約が結ばれているそうだ。

優秀な騎士たちが魔物を狩りまくって経験値を稼ぎ、勇者たちは剣や魔法の発動の訓練などを行い、基礎を高めていく。

これが、勇者教育プログラムらしい。

奴隷契約可能な人数は、人によっても制限があるので何百人と契約してレベルを稼ぐというのは無理だが、それでも効率がいいのは確かだ。

そんで、俺という使えない戦力のために騎士を割く余裕もなければ、俺を飼ったままでは衣食住費もかかるから、俺は追放された、というわけだ。

そして、追放しようとしていたのは俺だけではなさそうだった。

能力が劣るクラスメートは他にもいた。あるいは、そのクラスメートが持つ魔法の上位互換の能力を持ったクラスメートとかもな。

例えば、火魔法レベル3が使える人がいて、火魔法レベル1しか使えない人はいらない、みたいな感じ。

田中くんと佐藤くんは、まだ他の人と被る部分がないから大丈夫だとは思うが、それでもクビを切られる可能性がないとも限らない。

追放されなくとも……戦えるのであれば、奴隷落ちとかもあるのだろうか？

元々バイト三昧《ざんまい》でほとんどクラスメートとは関《かか》わりがなかったとはいえ、異世界に来てからそれなりに交流が増えた人たちも多い。

……皆、無事でいてくれたらいいんだけど。そして、願わくば安全無事に魔王を倒してほしいものだ。

その間、俺は俺が生き残るためと、魔王討伐以外の日本に帰る手段を見つけるんだ。

俺の召喚魔法も帰る手段になるかもしれないので、あちこちで情報を集めるのはもちろん、俺の召喚魔法を強化していくのも必要になるだろう。

俺が強くなるために、手っ取り早いのはレベルを上げることで……つまりは、魔物と戦う必要があるんだよな。

……そうなると、仲間が欲しい。

ただ……俺の立場は複雑だ。一応は勇者であるわけで、できるのならそういった立場を理解し、共に活動してくれる仲間を作りたい。

俺の目的を理解し、俺が日本に戻るための手助けをするために経験値を分けてくれるようなそんな仲間たちを。

そんな、俺にとって都合の良すぎる仲間……作れるのか……？

もちろん、時間をかけていけばできないことはないと思う。

ただ、普通にしていては……難しいよな。

そう考えると、同乗している冒険者たちのように……奴隷と契約した方が楽なのは確かだ。

俺に経験値を分けることにも同意してくれるだろうし、俺が勇者であることを隠す必要もない。

それこそ、人間関係などの煩《わずら》わしさを考えず……奴隷たちならば協力してくれるはずだ。

少し、考え方がドライになりすぎているか？

ただ……俺もあまり異世界をのんびり旅しているつもりはない。

ある程度力をつけるまではしょうがないが、さっさと強くなって日本に戻るための手段を探したい。

最短でこの世界を攻略するというのなら……奴隷というのは、まさに最適解だ。

奴隷を購入する、ということに多少抵抗はあるのだが……それを肯定する冷静な自分もいる。

これも、異世界に召喚され、この世界に多少体が適応しているからなのだろうか？

一人で戦うよりは、仲間がいた方が当然有利。

そして、俺が強くなるためにできれば仲間は奴隷の方が効率がよい。

旅をするにしても、奴隷ならば特に気を遣う必要もない、か。

感情面のことを排除して考えれば、メリットばかりだ。

奴隷を持つデメリットとしては、衣食住の負担などか。

……それはまあ、今の召喚魔法が強化されていけば問題ないよな。

後は、精神的に心苦しいと思う部分はあるが……それだって、あくまで今粗雑に扱われている奴隷たちを見て思っているからだ。

俺は、彼らとは違った素晴らしいご主人様になればいいだけじゃないか。

……明らかに奴隷がいた方が効率はいいし、安全だ。

何より……早く日本に戻るために、使えるものは使う。

理由を明確化すると、精神的に迷っていた部分もすっと薄れていく。

最高率で日本に戻るためにも、奴隷を……手に入れよう。

クロームド王国に着いて、安全を確保したら……冒険者登録をして奴隷を手に入れる。

どうせ手に入れるなら……胸の大きな可愛《かわい》い女性にしよう。


数日が経過し、クロームド王国の端にある街へと着いた。

ここは、ラフォーン王国から来た人たちが最初に訪れるため、流通の街として栄えているようだ。

取りあえずこの街で、冒険者登録を済ませた。

今は、人間の国では停戦協定を結んでいるため、どの国でも同じ冒険者カードで依頼を受けることは可能らしい。

魔王の軍勢が現れるまでは、各国ごとに登録する必要があったし、そもそも気軽に行き来できるものでもなかったそうなので、俺にとっては好都合だ。

魔王に感謝しないとな。

共通の敵、というのはその環境を整えるのには必要な場合もあるよな。

それは俺のクラスメートたちもそうだ。少なくとも、城内の勇者の中で俺が最底辺の扱いを受けていた。

皆のさげすみを俺が引き受けていたため、王城内で俺以外に対しての不満はそこまでなかった。

城に勤めていた人たちにも、俺のことをゴミを見るような目で見てくださったので、それはもう興奮したものだ。

俺がいなくなった今。今度は次の最底辺が生み出されるはずだ。

うらやましい……いや、可哀想《かわいそう》に。

さて、余計な考えはひとまず忘れ、俺はすぐに次の街への出発準備を整える。

クロームド王国に入ったとはいえ、今いる街はラフォーン王国の人たちも商業関係で足を運ぶこともあるらしい。活動するならもう少し離れた場所がいい。

さらに馬車を乗り継ぎ、ラフォーン王国から離れていく。

そうして移動していき、クロームド王国で二番目に大きいという街、ベルトリアに到着した。

ここは、ラフォーン王国からもかなり離れているし、活動を開始しても問題ないだろう。

ずっと馬車での移動で……かなり疲れたな。

街を見て回るのはまた後にし、目に留まった宿を借りる。

明日から、冒険者活動を本格的に始めるつもりだ。

そのために……今あるすべての魔力を使ってみるとするか。

……移動中もずっと召喚魔法を使い、魔力を鍛えてきた。

その結果、今なら千円くらいまでのものなら召喚できるようになった。

そこそこのランチ定食くらいならば、今は召喚できるほどだが……武器を召喚するには物足りない。

明日から、本格的に活動するために……俺は地球の武器を召喚するつもりだ。

今のままでは召喚できないが、俺だって無策ではない。冒険者たちの話を盗み聞きしていたのだが……強力な魔法を使う場合、魔力回復薬を使って無理やり使用することがあるらしい。

魔法の発動は、必要な魔力がなければ発動できないのではなく、必要な魔力に届かなかった場合、不発になる、というものだそうだ。

例えば、100の魔力で発動する魔法を使うとする。術者が50の魔力しかなくて、その魔法を発動しようとした場合、取りあえず50の魔力で魔法が形成され始める。

その50の魔力で形成できる部分が終わる前に、魔力を回復すれば……再び魔法が形成されていくというわけだ。

つまり、50の魔力しか持たない術者が、何かしらの方法で50回復できれば、本来は足りない100の魔力で放つ魔法を使えるそうだ。

……なので俺は、途中の街で購入しておいた魔力回復薬が収納魔法にしまってある。

全部で、本はある。これだけあれば、恐らくこれから行おうとしている武器召喚もできるはずだ。

どんな武器を召喚するか。

もちろん、剣や刀を召喚してもいいが……それとは別に興味があるものがあった。

それは、銃火器だ。

俺はＥＳＰ系のゲームが好きで、中古のゲームなどを買うことがあった。

別に銃火器に詳しいわけではないのだが、一度は使ってみたいという好奇心があった。

もちろん、それだけが理由ではない。

……この世界、銃火器というものがない。遠距離武器は弓や魔法などであるため、銃火器の威力ならば、魔物相手にもかなりのダメージが期待できるはずだ。

あと、魔物相手に近づいて剣で戦う……というのもまだ慣れるまではできそうにないというのも理由の一つだ。

そういうわけで銃火器を召喚しようと思うのだが……金額的に一番安そうなのはハンドガンだろうか？

それを召喚したいと強くイメージする。

……魔力、足りてくれよ。

旅の間ずっと魔力を使ってきたとはいえ、そこまで劇的に増えたわけではない。

さて、召喚魔法を明確にイメージする。

ハンドガンをイメージすると、魔力が急速に体から失われていく。

召喚魔法に使われているのだ。

急いで魔力を回復するためのポーションを口に運ぶ。

苦い、気持ち悪い……。魔力の増加、減少を短い間に何度も行うと、高熱でも出た時のような気持ち悪さに襲われるようだ。

……も、もう二度とこれはやらん。そんな気持ちとともに、何度か魔力回復薬を口に運んでから、俺は召喚魔法を放った。

まばゆい光が周囲に溢《あふ》れた後……俺の手には、ずしりとした感触があった。

強く、握りしめ……それがハンドガンであることを理解した俺は思わず口元が緩んだ。

黒光りした素晴らしいデザイン。ゲームの中で何度かみたことのあるそのハンドガンに、俺の心は子どものように喜んでいるのが分かる。

それと同時に、成功してよかったという安堵《あんど》の気持ちも溢れ、自分を落ち着かせるように小さく息を吐いた。

俺はハンドガンをじっと見てから、軽くスライドさせてみる。

……これで弾が装塡《そうてん》され、後はトリガーを引けばいつでも撃てる状態になる。

そんな知識が脳裏に浮かんできた自分に対して、俺は驚いていた。

……どうして、初めて持ったハンドガンの使い方が手にとるように分かるんだ？

すっとハンドガンを構えてみる。トリガーに指をかけながら周囲に視線を向けると……百発百中で射抜けるような気がした。

……おかしい。ハンドガンを握ってから、俺の感覚が明らかに優れている。

……ＥＳＰ系のゲームはやったことがあるが、もちろん実銃を持ったことなんてない。

銃火器に対して知識があるわけでもないのに、このハンドガンならば自分で整備できそうな知識まで脳裏に浮かんできていた。

これは……もしかして、召喚魔法が関係しているのか？

例えば、俺が自分で召喚したものに関しての知識などがつく……とか？

だとしたら、嬉《うれ》しい誤算だ。嬉しすぎる誤算だ。

いくら強い武器を手に入れても、使えなかったら意味はないからな。

マガジンを見てみる。入っている弾は全部で九発。

取りあえず……あとで銃弾も用意しておかないといけない。

そっちは、魔力回復薬に頼らず、魔力のみで召喚できるだろうか？

……取りあえず、疲れ切ってしまったので、ハンドガンをアイテムボックスにしまってから、俺はベッドで横になって眠りについた。


次の日。

俺は宿での朝食ではなく、部屋でハンバーガーとサラダセットを食べる。

飲み物はコーラ……は朝からはやめようか。最近、結構飲んでいたので、健康のことを考えて緑茶。

ペットボトルごと召喚されたそれを口に運ぶ。異世界からしたらこの飲み干したペットボトルでさえかなり貴重品だと思う。

なので、そこら辺には捨てられないので、俺のアイテムボックス行きだ。

着々と、ゴミも溜《た》まってきているのでどこかで廃棄できればいいのだが、異世界だとそんな場所はなかなかないだろう。

それこそ、ドラゴンでも召喚できれば、火のブレスとかでまとめて処分できるのかもしれないが。

まあ、勇者のアイテムボックスに容量はないらしいので、今はいいだろう。

歯磨きもちゃんとして、顔も洗って外に出る準備完了。

比較的、この世界でも目立ちにくいコートに袖《そで》を通し、出発だ。

……異世界の服、あんまり肌に合わないというかなんかちくちくしてたからな。

俺に異世界の生活は合わん。召喚魔法がなかったら今頃《いまごろ》ストレス溜まりまくっていただろう。

気持ちの良い朝日は、俺の冒険者活動を祝福するかのようだ。

取りあえず、ハンドガンの性能を試しに行こうか。

奴隷商は……まだ開いている店が少ないので、また昼時にでもこよう。

奴隷って、今ある手持ちの金貨で買えるのだろうか？

馬車の移動や宿代、魔力回復薬代と結構お金を使っているので、そこは不安だ。

地球のものを召喚して商人にでも売れば金儲《もう》けはできそうだが……あまり目立ちたくはない。

もうちょっと力をつけ、金が必要な時にそういうことはしたい。

取りあえず、街の外に出た俺は魔物を探して歩いていく。

ハンドガンの弾は、特に魔力をブーストしなくても召喚できたので、予備は問題なさそうだ。

あとは、俺がハンドガンを使って魔物と戦えるかどうかだ。

今の俺は、日本にいた時よりも身体能力が上がっているのは確かだ。

異世界召喚された際に、全員多少の強化が施されたらしいからな。

ただ、鍛えてもどこまで強くなれるかは人によってさまざまだそうだ。

俺も、ある程度強くなれればいいのだが。

俺は召喚したホルスターにハンドガンを収納し、街の外を歩いていく。

いつでもハンドガンを抜けるように、準備はしている。

そんなこんなで街近くにいた魔物を探していたが、さすがに見当たらない。

ベルトリアが大きな街ということもあり、訪れる冒険者は多くいる。彼らが道中に魔物を狩るのは当然だし、騎士たちの巡回も定期的に行われている。

そりゃあ、魔物もいないよな。

……あれ？　もしかしてレベル上げを考えるなら大きな街にしないほうが良かった？

奴隷を買うなら、大きな街の方が胸が大きい美少女がいるかもと思ったが…………。

下心はなく、優秀な子が安価で手に入るかもしれないと思ったから来たのだが、こりゃあ購入した後は別の街に移動するべきか？

そんなことを考えながら街が小さくなるくらいまで歩いていくと、魔物を発見した。

ゴブリン……だろうか？　三体いたゴブリンたちがこちらをじっと見てきた。

ゴブリンたちは強面《こわもて》の顔をこちらへと向けてくると、

「ガアアアア！」

襲い掛かってくる。

……わずかな緊張。

しかし、その緊張はハンドガンに手を伸ばした瞬間——すっと水に溶けるかのように薄らいでいく。

恐怖、緊張……そういった負の感情全《すべ》てが、ハンドガンを握った瞬間に小さくなっていった。

「……やっぱり、召喚魔法が関係しているよな」

自分の考えを確認するように呟《つぶや》きながら、殴りかかってきたゴブリンの攻撃を後方に跳んでかわす。

異常なまでに軽《かろ》やかに動く体。そんな激しい動きをしながらも、俺はすぐさまハンドガンを構え、ゴブリンの頭へと向ける。

そして——トリガーを引いた。

空気を破るような音とともに、弾丸が放たれる。それは、寸分違わずゴブリンの頭を撃ち抜き、

「——ヅアッ⁉」

短い悲鳴をあげ、倒れた。

……威力は、十分。いや、十分すぎる。

俺が考えていた通り、現代兵器ならばかなり有利に立ち回れそうだ……っ。

倒せたという喜びが体を満たし、浮き足立ちそうになる心を、俺はハンドガンを握りしめて落ち着ける。

まだ、戦いは終わっていない。まだゴブリンは残っていて俺は冷静にゴブリンへとハンドガンを構える。

「ガアアア！」

ゴブリンが咆哮《ほうこう》をあげ、飛びかかってくる。……これは、命の奪い合いだ。

……むしろ、向かってきてくれて助かる。もしも、逃げ惑うように悲鳴を上げられた方が、戦いにくい。

向こうが命を狙《ねら》ってきている以上、こっちだって命を守るために抵抗しているんだと言い訳ができるからな。

……ハンドガンをしっかりと持ち、ゴブリンたちに銃口を向け、引き金を引いた。

やはり、弾丸は俺の狙い通りに吸い込まれる。肩を狙えば肩に、足を狙えば足に。

「あがああ⁉」

「があ⁉」

そうして俺は、残っていたゴブリンたちを仕留めていった。

周囲にゴブリンが残っていないことを確認したところで、小さく息を吐いた。

ハンドガンをホルスターに戻した瞬間……それまで、感じていなかった昂《たかぶ》りやら恐怖やら

が一気に押し寄せてくる。

「ふ、ふう……」

……う、うん。やっぱりどうやらハンドガンを握っている間は気がデカくなるというか、戦闘に集中できているようだ。

軽く深呼吸をし、自分の昂りを抑え込んでいく。

……落ち着いてきたところで、俺は改めて状況を確認する。

倒したゴブリンはアイテムボックスへと、しまっておくか。

鑑定の知識はないため、これはギルドで専門のところに頼むのがいいだろう。

確か、そういったことをしてくれる場所もあったしな。

ただまあ、鑑定をお願いする場合も慎重になった方がいい。下手に絡まれたくないし。

この調子で、もう少し戦闘を行っていこうか。

ハンドガンを握っている間は歴戦の戦士のように動けるので、街からさらに離れ、魔物を探していく。

見つけたゴブリンと戦うのを繰り返していくと、レベルは5まで上がった。

レベルアップするたび、確かに体が一段階進化したように感じる。

錯覚ではなく、明らかにさらに体が動くようになっていた。

ハンドガンの扱いはもちろん、よりアグレッシブに動けるようになってきたので、ゴブリン相手ならばら負ける気がしなかった。

……ただ、こうなると余計に仲間が欲しいと思えた。

例えば、俺が召喚したハンドガンを使える仲間がもう一人いれば、俺の経験値効率は単純計算で二倍になる。実際はそう都合よくはいかないと思うが、仲間の数が増えれば増えるほど効率は上がっていく。

ハンドガンを使わせるのなら……ますます、俺の事情を秘匿できる仲間が欲しい。


街に戻りながらハンバーガーとコーラで腹を満たし、俺は奴隷商へと向かってみる。

結局……効率だけを考えるなら、奴隷の方が都合がいい。

……別に本当に奴隷を奴隷のように扱う必要はないしな。

鞭《むち》を持ってペチペチ叩《たた》きつける必要はない。むしろ、叩かれるのは俺の役目だ。痛くならない程度にお願いできるのなら。

日本に戻るため。

日本に残した妹たちのために。

わずかにあった自分の中の迷いを、そんな理由で打ちこわしていった。

い　奴隷商はいくつかあったが、ひとまずは大手っぽい大きい場所に来た。

……ここなら、大きくぼったくられることもないんじゃないだろうか？

金額も高くなるかもしれないが、そこは仕方ない。

緊張しながら、俺は大きな両開きの扉を押して入っていく。

店の入り口にはベルがついていて、俺の入店を告げるように響く。

中へと入ると、男性がすっと頭を下げてきた。

「お待たせしております。お客様、本日はどのようなご用件でしょうか？」

奴隷商なので、奴隷を買いに来た……と思ったが、ああ、売る人もいるか。

「奴隷を購入したいと思ってる。俺は冒険者で、共に戦える者が欲しくてな」

「かしこまりました。すぐに、担当のものをお呼びしますので、そちらでおかけになってお待ちください」

男性はそう言って微笑を浮かべると、受付カウンターのところにあった魔石を口元に当て、ぼそぼそと話を始めた。

……あの人は受付か。それでもって、奴隷の商売を行っている店員は別のところにいるのか。

今も他のお客様の対応中なのかもしれない。

どのくらい待たされるだろうか……なんか奴隷商の中で待機しているというのは少し恥ずかしいぞ。

ここで知り合いになんて会ったとなれば、なんと思われるか。

いやいや。奴隷を買う理由だってさまざまだろう。別に美少女奴隷が欲しいというわけじゃないし……。

あくまで、仕事上使える奴隷が欲しいだけだし。

他意なんてない。

そう、この異世界で生き抜くためには、俺一人では大変だ。俺の立場を理解してくれる人間が必要なのだ。

俺はそう自分に言い聞かせていると、

「お待たせしました。こちらは奴隷商の管理を任されている、ゴーッと申します」

……店員がやってきた。

管理を任されている、ということはここの店長さんか？

スーツ……とまではいかないがそれに似たフォーマルな服装をしている。

隣には……奴隷の男性だろうか？　なんとなく、雰囲気的にそう思ってしまった。扱いは悪くないのだが、ゴーッに付き従っている様子がそう見えた。

ガタイがいいので、護衛のようなものなのかもしれない。

警戒されている……というわけではなく、仕事上常に護衛をつけているんだろう。

「よろしく頼む。シドーだ」

こっちの世界だとこの名前の方が受け入れやすいし、苗字《みょうじ》だって貴族でなければ持っていないのが基本だ。

それに、この方が強そうだしな。魔王って感じがするだろう。それだとクラスメートたちに討伐されてしまうか。

「早速ですが、シドーさまは冒険者としてともに戦える奴隷が欲しいんですよね？」

「ああ、そうだ」

冒険者は敬語とかをほとんど使わないと言っていた。

それは学がないからであり、俺は別に問題なく使えるが、わざわざ使うつもりはなかった。

普通の人と違うことをすれば、悪目立ちする可能性があるからな。

そこから、もしかしたら俺が異世界の勇者ということが発覚する可能性だってあるわけで、下手なことはしない方がいいだろう。

長いものには巻かれろ、というだろう。今回はちょっと使い方が違う気もするが、周りの冒険者同様、粗暴に振る舞った方がいいだろう。

「冒険者に求めている魔法はありますか？」

「……魔法か。値段はどのくらい変わるんだ？」

まさか、魔法持ちのほうが安いということはないだろう。

もちろん、あった方が何かと便利だと分かっているが、大金払って獲得したいわけでもない。

「魔法にもよりますが、回復系魔法持ちとなるとかなり貴重でそれだけで値段は倍近く上がりますね。攻撃系魔法は、まだ回復魔法よりは貴重ではありませんが、あるとやはり値段も上がりますね」

「……だろうな。取りあえず、動ける奴隷を見せてほしい」

「分かりました。冒険者希望の奴隷たちがいるフロアにご案内しますね」

ゴーツとともに階段を上がっていく。

奴隷たちはいくつかの部屋で暮らしているようだ。……皆、想像していたよりも身なりがよいな。

「奴隷って、思ったよりもしっかり管理されているんだな」

「各国での奴隷の扱いは最低限度の生活が提供されていれば良い、とされています。その最低限度の判断は奴隷商ごとに変わってきます。私の場所では、価値を高めるために身なりや栄養状態含め、気を配っております」

ゴーツがすっと頭を下げてきた。……確かに、これだけ整った環境となると、奴隷たちも輝いて見える。

……馬車にいた奴隷の子たちは、まさに奴隷という感じだったからな。

「……これなら、奴隷たちもすぐに売れていくんじゃないか？」

「まあ、その時々によって、ですね」

この奴隷商は、少なくとも俺たち買い手にとってはいい奴隷商だな。

ここで生活している奴隷たちがどのように考えているかは分からないが、俺ならここで一生商品としていたいもん。

そんなことを考えながら、いくつかの部屋へ案内される。

すべて、奴隷たちが暮らしている部屋だそうで、現在の時間は文字の読み書きなどを教えている教室のような部屋もある。

……年齢層は幅広い。俺よりも年下の子から、明らかなおばあちゃんまで。

というか、さっきから案内される部屋たちがすべて女性しかいない。

あれ、もしかして俺の下心見抜かれてる？　いやいや、下心なんて持っていないんだから見抜かれるようなものなんてないはずだ。

「全員、女性ばかりだな」

「やはり、女性の方がいいかと思いまして」

それは……そうだが……。いかんいかん。のせられては。

そんなことを思いながら部屋を見ていると、おっぱい！

ではなく……胸が大きく同い年くらいに見える美人な女性がいた。

ちょっと気になったので、ゴーツに聞いてみる。

別に胸、ではなく……立ち居振る舞いがしっかりしていたからだ。戦えそうに見えたからで、他意はない。

「あちらの女性は金額はいくらになる？」

「金貨百二十枚になりますね」

たっか！　思わず声に出そうになってしまう。俺と目が合うと女性は微笑を浮かべてから、勉学に励んでいた。

「金額の基準はなんだ？」

「容姿、年齢、レベル、使用可能な魔法、あとはその他細かい部分ですね。こちらの女性は人の好みもあるとは思いますが、容姿はなかなか整っています。レベルが25あり、冒険者としての経験もそれなりにあります。年齢は二十三と少し老けてはいますが、火魔法が使えますので戦闘はもちろん、日常生活などもで活躍する場面があるでしょう。何より、人間の奴隷は珍しいですから」

……年齢も、俺からしたらまったく問題ないとは思うが、この世界の寿命や結婚年齢を考えると多少価値は下がるのかもしれない。

人間の奴隷は珍しい、か。確かに、人間以外の種族が結構いたよな。

ってことは人間以外なら、もう少し値段は抑えられるのかもしれない。

……それにしても、金貨百二十枚、か。

今の俺の所持金からすれば高いが……人間の一人の価値と言われたら安い、よな。

この世界で暮らすには一カ月に金貨五枚程度あれば問題なさそうだ。もちろん、人によって

生活費の違いはあると思うが
つまりまあ、二年分の生活費で人間が買えてしまうのだから、そう考えると安いな。

「種族にこだわりはない。レベルも別に低くてもいい。戦う意志があるなら俺のほうで育てる。あと、魔法に関しても所持してなくてもいいな」

「分かりました。容姿などの要望はありますか?」

「容姿、か」

おっぱい……っ、と喉《のど》まで出かかった言葉を抑える。

「取りあえず、別の種族を見せてもらってからまた判断したい」

「かしこまりました。目安の金額はいくらくらいがいいでしょうか?」

……あまり、手持ちの金額を伝えるのは良くない、と思っていたのでこれまで伝えていなかった。

しかし、明らかに金が足りないように感じる。

「金貨二十五枚ほどで買える奴隷だ」

「なるほど……それですと、少し……ご案内が難しいですね……最低でも金貨五十枚はないと」

「……そうだったか。済まない、事前に確認してからのほうが良かったな。……旅の途中で聞いたところ、このくらいで買える奴隷もいると聞いていたが」

冒険者たちが話していたんだよな。だから、俺もいけるかと思ったが、奴隷商はこくりと頷《うなず》いた。

「……確かにそういった奴隷商もあります。孤児などを痛めつけ、奴隷契約を結ばせる悪徳業者であれば安く購入可能です」

「……そういうことだったのか」

「そういったお店では、安く購入できても、もともと際《きわ》どい商売をしていますので、後で違法なことが発覚して最悪捕まることもあります。奴隷商は国の認可を受けている場所で購入した方がいいと思います」

「……なるほど、な。奴隷紋というのは簡単につけられるものなのか？」

「お互いの承諾があれば可能です。なので、無理やり力で言い聞かせて、という場合もあります」

……力で承諾させる、か。酷《ひど》い光景が浮かんできてしまった。

「……納得し合えば、か。例えば、俺が友人のレベル上げを手伝いたいからということで、一時的にその友人の奴隷になるとかの場合、奴隷紋は頼めば入れてもらえるものなのか？」

「ええ。可能ですよ。そういった場合、奴隷契約の内容などもかなり緩いものになりますね。貴族の方のなかでも実際にそういうことはありますし、こちらでも一人金貨一枚で対応しますので、ぜひご利用ください」

「……分かった。そのときはまたお願いしよう」

いろいろといい話を聞けた。

もしも、お金に余裕が出たときはここで購入するのはありだよな。

奴隷商を後にした俺は……それから少し考える。

奴隷を用意したかったのは、すぐにレベル上げをしたかったためだ。

その数を増やせれば、それだけ俺のレベル上げの効率が良くなるわけだ。

ただまあ、そう都合よくはいかないかぁ。

……もう一つの作戦に、するか。

奴隷商で聞いた話と、ラフォーン王国にいた食事にもありつけていない子どもたちを思い出し、俺は一つの作戦を考えていた。

弱みにつけこむようで、あまりやりたくはなかったが……スラムにいる人に声をかけ、協力関係をお願いすることだ。

……とはいえ、これは別に悪いことではないだろう。

契約自体は奴隷とご主人様、という形になってしまうかもしれないが、俺は衣食住を提供し、相手に経験値稼ぎの協力をするわけだ。

お互い、ウィンウィンの関係ではあると思う。……俺にとって、都合よく考えすぎか？

このベルトリアも治安がいいとはいえ、治安の悪い区画もある。

この世界だとそれは当たり前のようだ。どこの街でも多かれ少なかれ生活が苦しい人たちがいるそうだ。

……ひとまず、こちらの事情について話をして、納得してくれたら協力してもらえばいいだろう。

俺は、ひとまず、スラムと言われているその区画へと向かってみることにした。

第三章……仲間探し

なるべく顔を隠すようにしながらスラムを歩いていく。

念のため、少しボロめの黒の外套《がいとう》を召喚して羽織っているので、決して金を持っているようには見えないだろう。

……あまり、長居したくはない場所なのは確かだ。

道の隅で寝ている人もいれば、無気力な様子で座って視線だけを向けてくる人間。

この中から奴隷になって戦ってくれる子を探し出すというのは、結構骨が折れる作業かもしれない。

そんなことを考えながら、誰《だれ》に声をかけようかと迷っていた時だった。

……目に留まったのは三人の女性だ。

年齢は俺《おれ》と同じか、少し年下だろうか？　耳の先が尖《とが》っているのでおそらく、エルフなんだろう。

……三人で一緒に歩いていた。姉妹、というには容姿が全然違う。

二人は普通のエルフと思われるが、青髪の子は少しダークエルフっぽさもある。

ただ、彼女たちは、ここまでで見てきた人たちとは少し違うように感じた。

雰囲気から、まだ生きようという気力が感じられる。

第一、三人とも容姿的には良い方だ。

赤い髪のツインテールの子と、青髪の子は非常に胸が大きい。

……もう一人、黒髪の子もスレンダーではあるが可愛《かわい》い顔つきをしている。

そんな三人は……何だか妹たちと被《かぶ》って見えてしまった。

……ラフォーン王国にいた子たちも、そうだった。

あの子たちも、妹たちのように見えて……思わず声をかけてしまったんだよな。

ちょっと、声をかけてみようか。

「ちょっと、いいか？」

「……え？　……何よ」

彼女がこの三人の中でのリーダーなのか。赤色の女性が鋭い目をこちらに向けてきた。

黒髪のスレンダーな子はかなり臆病な性格なのか、少し警戒した様子でこちらを見てくる。

いきなり、奴隷になってくれないか、と話すのはまずいよな。

ただでさえ警戒されているので、俺はまずはそれを解くために話し始める。

「今ちょっと、冒険者をやってくれる仲間を探しているんだ。衣食住を提供するから、一緒に戦ってくれないか？」

「……は？　ど、どういうことよ？」

完全に女性は困惑している。ぎゅっと身を寄せ合うようにして、こちらを睨《にら》んでくる。

取りあえず、詳しい話をしようと思っていたのだが、そのときだった。

ぐううう、と俺と話していた女性の腹がなった。

「……取りあえず、詳しい話をしたい。食事を用意するから、ついてきてくれないか？」

食事、と聞いたところで俺と話していた子以外は目を輝かせた。

それから三人は顔を見合わせた後、赤いツインテールの子がきっと睨んできた。

「……変なことしたら、殴るわよ」

「ああ、何もしないから。警戒しないでくれ」

「もしも……」

「ん？」

赤いツインテールの子は、自身の胸元《むなもと》に手を当ててからきっとこちらを睨んできた。

「もしも、何かするっていうのなら、あたしだけにしなさい！　あたしは二人のリーダーとして、二人を守る責任があるんだから！」

「だから何もしないって！」

そんなことを叫ぶものだから、周りの視線が集まっている。

あんまり目立ちたくないというのに！

「嘘《うそ》よ！　絶対何か企《たくら》んでいるわ！　あたし、そういう本みたことあるのよ！」

疑《うたぐ》り深い奴《やつ》め！　ていうか、そんな本が異世界にもあるのかよ！

「……何もしない。なんなら、俺の両手でも縛っていくか？」

やべ、三人に縛られているのを想像したら興奮してきてしまった。

「……い、いいわよ、別にそこまでしなくても。……悪かったわね。分かったわ。話は、聞くわ」

そうは言ってくれたが、警戒されたままだ。

まあ、それは仕方ないな。

……取りあえず、どこに連れて行くにしても今の格好のままだとまずいので、公衆浴場に行ってきてもらおう。

「俺はここでまってるから、この金で公衆浴場に行ってきてくれ」

「……か、体を綺麗《きれい》にしてからじっくり味わおうってこと……？」

「違うっての！」

「じゃあ、何でよ！」

「……臭いとか、いろいろあるだろ。宿でゆっくり話したいからな」

「や、宿でゆっくりしっぽり、ムフフ……ですって……？」

「ええい、うるさい！　とにかく一度体洗って、この服に着替えろ！」

口を開かせたら止まらないので、俺は、彼女たちのために召喚魔法で石鹼《せっけん》やらタオルやら服やら下着やらを召喚して、手渡した。

彼女らは不審に思っていたが、ひとまず受け取って収納魔法へとしまい、三人は公衆浴場へと向かっていった。

……全く。

「……人選、ミスったかもしれん」

そんなことを考えながら、俺は公衆浴場の近くに待機していた。

まあ、最悪逃げられても別にいいかという気分で待っていたのだが、しばらくして三人が出てきた。

「うお……マジか」

元々、かなり綺麗《きれい》だったのだが……体を洗ってきた彼女たちの美しさは、ますます磨きがかかっていた。

彼女らは、俺が渡したメイド服にしっかりと着替えていた。

なぜメイド服か。俺の趣味である。

俺は呑気《のんき》に見惚《みと》れていたのだが、また赤いツインテールの子がすんごい目で俺を見てきた。

「な、なんであたしたち全員のサイズぴったりの服を用意できているのよ?」

……ああ、それな。

俺の召喚魔法って、そのあたり便利なんだよな。自分の服に合わせた服を召喚できるのだが、どうやらそれは他者にも適応されるらしい。

彼女たち三人それぞれに合う物をイメージして召喚したからか、三人にぴったりの物が召喚できていた。

特に他意はないのだが、彼女たちからしたら不気味極まりないよな。

とはいえ、言い訳は思いつかない。というか、ここで話すには通行人もいるのでしたくはない。

「……それはまあ、たまたまじゃないか？」

「つまり……な、舐《な》め回すように見てあたしたちのサイズを把握していたってことよね？」

「……違う。たまたまだ、マジで。ほら、話をするためについてきてくれ」

「……」

じーっとまだ警戒しながら赤いツインテールの子が先頭になってついてきてはくれた。

……取りあえず、ここまでは何とかなった。

決して、悪い印象ばかりでもないはずだ。

ここでいい思いをさせておけば、もしかしたら奴隷契約を結んでくれるかもしれないからな。

クックックッ。

甘い蜜でドロドロに溶かしてやろうじゃないか。

「……ていうか、さっき石鹸も貸してもらったけど、良かったの？」

「別にあの程度は気にするな」

「……こ、これからたっぷり体で返してもらうってことじゃないわよね？」

「じゃない」

「……そうよね」

いやでもある意味……そうなのか？

とはいえ、変なことを言ったらまた誤解されそうだ。

「そういえば、三人とも名前は？」

「あたしはリアよ。こっちの子がアンナで、こっちがナーフィよ」

ずっと俺と話をしているちょっと頭の中ピンクな女の子が、リア。

おとなしめの性格で、俺に常に怯《おび》えた様子の子がアンナ。

何を考えているのかよく分からないながらも俺のことをじっと観察している青髪の子が、ナーフィというらしい。

「三人とも、エルフだよな？」

「ええそうよ」

「……やっぱり、エルフって美人が多いのか？」

「容姿は整っている人が多いわね。……それが狙《ねら》いってこと？」

「違う」

……どうやらこの世界でもエルフは容姿端麗のようだな。

風呂《ふろ》上がりで整った容姿をしていることもあってか、通行人の視線は凄《すさ》まじいくらい俺に集まっている。

……あんまり目立ちたくはなかったんだがな。三人の容姿が整いすぎているのが悪い。

ひとまず、視線から逃げるように宿へと連れて行く。

自分の部屋についた俺は、彼女ら三人をベッドに座らせ、俺は備え付けの小さな椅子《いす》に腰掛けた。

そして、三人の少女たちの目の前にテーブルを運び、それからアイテムボックスに入れてあったビッグマッグを渡した。

「取りあえず、話をする前に約束通り食事だ」

「……な、なによこれ？」

「こうやって食べるんだ」

俺は見本を見せるように、包装をはがし、ビッグマッグを口に運ぶ。

うん、うまい。今日もできたてのまま保管されていて、肉がジューシーだ。

「……び、媚薬《びやく》とかじゃないわよね？」

「んなわけあるか！　この周りのはパンみたいなもので、中は肉とか野菜だ。何も変なものは入ってない」

リアはまだちょっと警戒していたが、ナーフィは何を考えているか分からない様子ですぐに包装を剝《は》がして食べ始めた。

そして、バクバクと食べると、片手をさらにこちらに出してくる。

「おかわりか？」

「ん」

「ほらどうぞ」

俺が渡すと、またすぐに食べ始めた。

……ナーフィ。

体つきもかなりいいのだが、それはこの食欲が理由なのかもしれない。

「ん」

「……おう、早いな。ゆっくり食べるんだぞ」

「ん」

「……ま、またおかわりか？」

「ん」

……い、いやちょっと？

ナーフィはどんどん食べていき、それに合わせるようにリアたちもぱくりと食べた。

そして、目を見開いた。

「え⁉　な、なにこれ⁉　美味《おい》しい⁉」

「そうだろ？　俺の故郷の自慢の料理なんだよ。おかわりもあるからな」

「お、美味しい……っ！　とてもしっかりと味がついていますね……っ！　それにふわふわ……っ！」

リアとアンナが嬉《うれ》しそうな声を上げている。思わず出てしまった声という感じで、目があったアンナは恥ずかしそうにリアの陰に隠れた。

……打ち解けたのはナーフィくらいなのは、仕方ないな。

俺も釣られるようにハンバーガーを口に運ぶ。

バンズは……どちらかというとあまりふわふわ、というほどでもないのでは？　というのが俺の正直な気持ちだ。俺がたまに食べるふわふわ食パンなどを食べさせたら、もっと驚くことになるかもしれない。

どちらにせよ、ハンバーガーは大好評のようで三人ともガツガツと食べていく。

……まあ、この世界の食事で調味料を使えるのは一部の富裕層たちだ。

ジャンクフードは、全体的に濃い味付けになるので、気にいる人は気にいるだろう。

「ん」

「……おう」

ナーフィがまたまたおかわりを要求してくる。

……めちゃくちゃ、腹が減っていたんだろうな。

「あ、あの……す、すみません……私も頂けますか……？」

「え？　アンナもか？」

「だ、ダメですよね……!?　すみません、すみません！」

「ちょっと！　アンナをいじめるんじゃないわよ!?」

きっとリアが目を鋭く釣り上げて睨んでくる。アンナは……かなり自己肯定感が低いようだな。

「ち、違うって。……いくらでもあるから好きに食べていいからな」

アンナも控えめに手を挙げていて、俺はそちらにハンバーガーを渡す。

少し指先が触れてしまい、びくりとアンナは体を震わせる。

……まだ警戒はされているようだが、食事は満足してくれているようだ。

そんな彼女たちを、さらに沼へと引きずり込んでやる。

マッグシェイクを召喚し、彼女たちの前にすっと差し出した。

「こ、これは何よ？」

「飲み物だ。ジュースとかって分かるか？」

「……聞いたことはあるわよ。果物とかを絞って作るやつよね？」

「まあ、そうだな。それとは少し違うけど、甘いものだ。飲んでみてくれ」

「……そ、それが媚薬とかじゃないわよね？」

「お前実は飲みたいのか？」

「そんなわけないでしょうが！」

そこまで言われたら逆に期待しているのかと思うっての！

俺が先に飲んでみせると、それ以上は疑うこともなく、彼女たちはごくごくと飲んでいく。

そして、目を見開く。

「……あ、甘くて美味しい」

「こ、これ……美味しいです……」

「ん」

すぐに、おかわりを要求してくるナーフィ。

ナーフィくらい素直だとこちらとしてもやりやすい。

……ていうか、リアもアンナもかなり食べるな。

ナーフィが飛び抜けて食べるとはいえ、リアとアンナもハイペースだ。

今日食べないと次いつ食べられるか分からないからとかだろうか？

クックックッ。

それなら、ここでたらふくジャンク漬けにして、もう俺なしではダメな体にしてやろうか。

ここまでの食事を満たせる人間はなかなかいないだろうしな。

そうして、しばらくいろいろな味のハンバーガーを召喚してやると、三人で合計六十個くらい食べたところで、ようやく治った。

「……よ、よく、食べるな」

「亜人なんだから、当然でしょうが」

「……え？　そうなのか？」

「は？　知らないの？　人間以外の種族は、食事量が多いでしょ？　だから捨てられたりする子も多いんだし」

この子たちもそういう理由で捨てられたのかもしれない。

少し物憂げな表情をしていたリアだったが、しっかりと締めのポテトを摘《つま》んでいる。

それにしても、初耳情報だ。

亜人は、食いしん坊なのか。

もしかしたら、奴隷商で値段の安いグループにいたのは、すべて他種族なのかもしれないな。

……購入コストは安くても、維持コストが高くなるってことか。

ま、俺には関係ない。

召喚魔法があれば、そのコストをなかったことにできるからな。

「それじゃあ、ここに来てもらった理由を話してもいいか？」

「……ええ、そうね。さすがに、ここまでしてもらってタダってわけには、いかないわよね」

「いや何を考えてんだ！　服を脱ごうとするな！」

「じゃ、じゃあ何よ⁉　着たままってこと⁉」

「そこじゃねぇ！　……俺はただ、交渉したいだけだ」

「プレイの内容について話しあって決めたいってこと？」

「そこから離れろバカ」

　俺は小さく息を吐いてから、真剣に話を始める。

「先に言っておくが、これからの話が嫌なら断ってくれてもいいから。さっきの食事代とかを請求するつもりはない。まあ、そもそも俺は魔力さえあれば作れるからな」

　こちらとしても、向こうの警戒心を解くために実際に自分の召喚魔法を教えた。

目の前でハンバーガーを召喚してみせると、すぐにナーフィが手を向けてきたので、それをすっと渡した。

　俺がここまで話したのは、彼女たちならば、別に誰かに話すような相手もいないだろうという少し、失礼な考えからだ。

　それに、相手の信用を勝ち取るにはこちらも心を開いている、と示す必要があるからな。

「こういうわけで、別にさっきの食事に関してもお金はかかってないんだよ。石鹸とかもな。だから、請求とかは気にしないでくれ。取りあえず、服にかけた手を離すんだ」

「……分かったわ」

リアはそれでようやくベッドに座りなおした。

その隣にいたアンナはなぜかちょっと残念そうに息を吐いている。お前、もしかしてリアと俺のそういったことを見たかったのか？

……そちらに問いかけていたら、話が前に進まないので俺は見なかったことにした。

「それで、俺がお願いしたいのは……俺自身が強くなるためにレベル上げを手伝ってくれる人材を探しているんだ」

「レベル上げ……って、いってもあたしたちそんなに戦うの得意じゃないわよ？」

「その点は大丈夫だ。魔物を簡単に倒せる武器を、俺が作れる。それを使って戦ってもらうつもりだ」

事実は召喚なのだが、作れるといったほうが伝わりやすいだろう。

俺の話を聞いたリアは、それでようやく納得がいったような表情で頷《うなず》いた。

「……なるほど、ね。それが用意できるから、人手が欲しいってこと？　でも、レベル上げを手伝うってことは、奴隷契約をしろってことよね？」

……リアは、考えていたよりも頭の回転が速いな。

だからこそ、すぐにピンクな思考に結びつけるのかもしれない。

「そうだ。ただ、契約内容に関しては別にむちゃなものを要求するつもりはない。衣食住は用意するし、きちんと休養日も設定する。休みなく長時間戦えとも言わないし、その他契約上嫌なことがあればなんでも言ってくれ。俺があくまで欲しいのは、経験値を稼いでくれる人だ」

「……経験値を稼げれば、あとはなんだっていいってこと？　奴隷契約をして、エッチなことをするとかじゃなくて？」

「ああ、そうだ。給料もちゃんと払うぞ？　とにかく、経験値が欲しいんだ」

「なんで、そこまでして欲しいのよ？」

「それは……」

さすがにそこまでを話すかどうかは迷っていた。

だが……リアたちもこの話にわりと乗り気なように見える。

……契約してくれると信じて、俺はすべてを話すことにした。

「俺のこの食事を作り出す魔法……実は食事を作り出す魔法じゃないんだ」

「……他の効果があるってこと？」

「そうだ。元々は、召喚魔法って言ってな。俺は俺のいた世界から、ものを召喚する力を持ってるんだ」

「……俺のいた世界から、召喚って……まさか、シドーって……勇者とか？」

リアははっとした様子でこちらを見てきて、俺は頷いた。

……そういった知識もあるんだな。

「……別の国で召喚されてな。何人も勇者は召喚されたけど、俺には戦闘能力がないからって追放されたんだ。……俺の目的は元の世界に戻ることなんだが、帰るには魔王を倒すしかない。ただ、魔王を倒すのにどれだけ時間がかかるんだって話だろ？」

「そう、ね」

「なら、俺を召喚したこの召喚魔法を鍛えていけば、元の世界に戻れるかもしれないだろ？他にも、世界のどこかには元の世界に戻る方法があるかもしれないし……旅をして、情報を集めたい。そのためには、身を守れるように強くなる必要があるわけで……だから、経験値が欲しいんだ。そのために、戦える人間を増やしたいと思って、立場的に弱いリアたちに声をかけたんだ」

……おまけに、今後二度と体験できないような食事も振る舞ってな。

この世界では調味料は極めて貴重だ。ジャンクフードに含まれているそれらは、かなり過剰なまでに使われている。

恐らくは、今のところ彼女らにはその味が染み付いていることだろう。

今後しばらくは、普通の食事では満足できない体になってしまっているはずだ。

そもそも、腹いっぱい食事がとれる環境自体、今日を逃したら二度と手に入らないかもしれない。

……クックックッ。われながら、えぐいやり方だとは思っている。

ゲス野郎と言われても構わないさ。

俺だって、生きるために必要なことなんだからな。

「俺が提供するのは、食事と武器だ。そしてリアたちは俺に経験値を提供してほしい。これが、俺とリアたちとの奴隷契約になる。嫌なら、部屋から出ていってくれて構わない」

俺は彼女らにそう言って、入り口の扉を示した。　その間には何もなく、リアたちが出ていこうとすればすぐだ。

ここで、出ていかれたらまた別の人に声をかけるだけだ。

もしダメそうなら、方針を変える。それだけだ。

その間も魔力を使っているので、ちょっとずつではあるが成長もしているわけだし、決して悪くはないだろう。

「……さ、作戦会議したいわ！　ちょっと外で待っててもらってもいい⁉」

「ああ、いいだろう」

俺はそう言って、廊下へと出た。

なかなかに、ゲスなことをやってしまっているのは理解している。

自分好みの服を着させ、この世では味わえない食事をさせまくったんだ。

これをゲスいことと言わず、何をゲスいことと言うか。

……だが、異世界で生き抜くには、このくらいのことはしないといけないんだ。

少し廊下で待っていると、リアが姿を見せた。

「……作戦会議終わったわ。中に来てくれる？」

「ああ、分かった」

言われた通りに部屋へと戻り、もう一度席についた。

ナーフィが「ん」と机を指さした。

紙に広げていたポテトが全《すべ》て終わっているので、追加で三つほど召喚して並べておいた。

リアがじとっとナーフィを見た。

これから大事な話をするのに緊張感がないからだろうが、ナーフィは「食べる？」とばかりにポテトを一つ摑《つか》んで差し出した。

リアは迷いながらもぱくりと食べた。食べるんかい。

アンナはびくびくとしながらも、ナーフィの脇《わき》から手を伸ばし、食べている。ある意味、一番ずぶといかもしれない。

ごくんとポテトを飲み込んだリアが腕を組んだ。

「……一応、あんたの提案を受ける予定よ。ただ、奴隷契約に関しては奴隷商できちんと契約内容を詰めて、その上で判断するってことでいいわね？」

「ああ、大丈夫だ。それじゃあ、早速奴隷商に行くか？」

「ええ、そうね。それと……これはあくまで仮の契約ってことで。嫌になったら、契約破棄……っていうのは大丈夫？」

「もちろんだ」

これから毎日うまいものを大量に食べさせ、契約破棄したくならないようにしてやればいいだろう。

そんなことを考えながら、俺たちは奴隷商へと向かった。

またここにくることになるとは。

それに、今度はメイド服を着させた三人だ。……こうなるならば、もうちょっとちゃんとした服にしてあげればよかったと後悔していた。

リアたちとともに奴隷商へと入り、すぐに受付を済ませる。少しして、ゴーツがやってきた。

「シドー様。どうしましたか？」

「彼女たちと奴隷契約を結びたいと思っている。契約内容含めて、立ち会いをお願いしたいんだけどいいか？」

「……かしこまりました。それでは、奥の部屋で対応しますね」

少し、ゴーツは警戒したように見てくる。さっきも話していたが、違法な奴隷契約というのが多いからだろう。

問題があるとすれば、アンナか。アンナはどうにも俺に警戒しているというか、苦手意識があるようで、視線を合わせることもない。

奥へと向かったところで、俺たちは席につき、ゴーッが一枚の紙を持ってきた。

「それでは、細かく契約をまとめていきますね。まず、奴隷契約の縛りはどの程度のものを想定していますか？」

「俺と彼女たちは……商売での関係みたいなものだ。俺は彼女らの衣食住を含めた生活を提供し、彼女たちにはレベル上げを手伝ってもらいたいと思ってる」

俺がそういうと、ゴーッの表情は幾分穏やかなものになった。

「分かりました。そうなると、一般的な仕事の上司部下のような関係が近いですね。こちらにいくつか例がありますので、似たような契約のものがあれば教えてください」

差し出された紙に書かれた文字をじっと見ていく。

リアも文字の読み書きはできるようで、彼女が見ている。

「これ、近いんじゃないか？」

「……そうね。これを元に作っていくのがいいかもしれないわね」

リアも納得してくれたようだ。

一つの事例を元にして、俺たちの契約を詰めていく。

「休みに関しては週にどのくらい欲しいんだ？」

「別に一般的なものでいいわよ。体調が悪い日に休めるくらいには余裕がほしいわね」

細かい休みの条件を決めたり、食事に関してもだ。

食事については、太りすぎない程度に、というのは決めさせてもらった。

バクバク食べるのはいいが、それで体調不良になって余計なお金がかかるというのはダメだ。

……まあ、亜人は太りにくいし風邪もほとんど引かないらしいので、問題ないと思います、とはゴーツの意見だ。

初めは警戒していたゴーツだが、今では俺たちが和気藹々《あいあい》と打ち合わせをしているのを聞いてそれもなくなっている。

「それじゃあ、最後ですね。いわゆる一番の問題でして、性奴隷として認めるかどうかですね」

「……ッ！」

頭ピンクなリアが即座に反応してこちらを見てくるが、俺はきっぱりと宣言する。

「俺は特にその予定はない」

「あたしたちもないわ！　絶対、手出しされないようにしたいわ」

「じゃあ、分かりました。嫌がった場合即座に拒絶できるような契約にしておきましょう。これであれば、普通の男女関係のようなものになりますからね」

それでいいだろう。

ぶっちゃけ、亜人の子たちは俺よりも力が強いので、万が一にも俺が襲って何かするということはないだろう。

　これで、契約内容が決まったので、奴隷紋を刻んでもらうことになる。

　俺の右手にゴーツが手を触れ、それからリア、アンナ、ナーフィの右手にも触れる。

　一度、魔法陣のようなものが浮かんだが、すぐにそれは消えた。

「奴隷紋は、奴隷商しか操作できません。契約内容などに変更の必要があればまたお越しください」

「分かった」

「それでは、一人当たり金貨一枚、合計三枚を立会料金として頂戴いたします」

「ああ」

　俺はアイテムボックスにしまってあった金貨三枚を取り出し、ゴーツに渡した。

　ゴーツがそれを確認し、契約はすべて終了した。

　結構難しいことを話しあっていたので、疲れてきてしまった。

　奴隷の契約って、かなり細かい部分までいろいろとあったんだよな。

　主従の間で特に重要視されているのが、生と死に関してだ。

　……奴隷の中には、殺意を隠して相手を殺すのもいるそうだ。

　基本的に、奴隷が主人を無理やりどうこうすることはできないが、意図的でなければそれも可能になる。

そういった細かい部分含めて、なるべく制限をかける必要があるということでかなり細かいことまで話し合う必要があった。

まあ、それでも完全には制御できないので、お互いに仲良くやりましょう、というのがゴーツの最終意見だった。

軽く伸びをしていると、ゴーツが声をかけてきた。

「亜人の方三人も契約するとなると、食費などはかなりかかると思いますのでそこだけお気をつけください」

「……ああ、分かってる」

正直言って、普通にしていたらかなり大変だとは思う。

ただまあ、今の俺の魔力でも三人の食事を賄うくらいは難しくない。

奴隷契約を終え、奴隷商を後にする。

三人はこれで晴れて俺の奴隷となった。……契約の中身はともかくとして、俺は奴隷を手に入れた。

……責任は持たないとな。

さっきの契約でもあったが、衣食住で彼女らが満足できるようにする必要があるわけで……

ひとまず、もうちょっと動きやすい服に着替えさせよう。

「それじゃあ、早速で悪いんだが……魔物との戦闘がどのくらいできるか、試してみたいんだがいいか？」

「いいわよ。……って今は、敬語のほうがいいわよね？」

「いいや、そのままにしてくれ。別に本物の主従関係とは違うんだしな」

ていうか、ここで改められても俺としてもやりにくい。

リアはこの方が距離感としてはちょうどいいと思っている。

「……分かったわ。でも、シドー様、くらいは呼ぶわよ」

「……うーん、分かった」

そこはそれぞれ、話しやすいようにしてくれればそれでいいだろう。

一度宿に戻り、メイド服から動きやすい格好に着替えてもらう。

また俺が適当に召喚し、三人の服装を整えていった。

宿を出たところでリアが体を動かしながら問いかけてくる。

「それで、早速戦いに行くって言ってたけど、あたしたちの武器はどうするの？　何も持ってないわよ？」

「……それについては、ちょっと戦闘を見てもらってから考えようと思ってる」

「どういうこと？」

取りあえず、俺のハンドガンを使ってみて、リアたちが使いこなせそうなら、もう一度ハンドガンの召喚を行う。

きっと前よりも召喚しやすくはなっているはずだが……あれ、結構大変だからな。

ハンドガンをさらに三つ用意するとなると、たぶんかなり疲れる。

できる限り、先延ばしにしたいのだ。

そんなことを考えているときだった。

ぐーっという音がした。視線を向けると、ナーフィだ。

さっき、食ったよな？

特にナーフィの食欲は化け物のようで、「ん」と片手を向けてきた。

契約だからな。

燃費が悪いのは仕方ない。

彼女にハンバーガーを渡してあげると、嬉しそうに食べ始めた。

……まあ、こうやって美味しそうに食べてくれるのだから悪い気はしない。

「まったく、行儀悪いわよ」

「別に、冒険者の行儀を気にする奴はいないから、いいだろう。ただ、口の周りにソースをつけたままにはしないようにな」

ハンカチを取り出し、ナーフィに渡そうとすると、彼女は「ん」とこちらに顔を近づけてきた。

拭いて、ということらしい。

……ま、まあ、触れていいのなら触れようじゃないか。

ごしごしと整った顔を丁寧に拭ってあげると、ナーフィは気持ちよさそうに目を細めていた。

「ちょっとナーフィ。一応ご主人様なんだから、そのくらいは自分でやりなさいよ。っていうか、人としてだらしなさすぎるのよあんたは……」

「いや、別に気にしなくていいから」

「……ナーフィのもちもちほっぺたを触れて満足って言いたいの？」

「余計なこと言わないでくれ」

……確かにまあ、触り心地は抜群だが。

俺はふきふきとナーフィの面倒を見てやる。

なんとなく子どもの世話でもしている気分になってくるな。

ただまあ、体つきは三人の中でも一番立派なので脳がバグりそうだ。

「まだ食べたいか？」

「ポテト」

ナーフィが初めての別の言葉を話した。

よほど気に入ってくれたようだ。

ポテトを取り出し、彼女に差し出すと、ぱくぱくと食べていく。

クックックッ。

ナーフィは完全に俺の食事の虜《とりこ》になってくれたようだ。

これなら、計画通りにいくだろう。

そんなことを考えていると、ぐーっと今度は別の場所から音が鳴った。

犯人は、頬《ほお》を赤くしていたアンナだ。

「……あ、あのぉ……その、匂《にお》いを嗅いでいたら、お腹《なか》が空いてきちゃって……すみません」

「分かった。ハンバーガーとポテト、どっちがいい？」

「は、ハンバーガーでお願いします」

「それならまた、別の味にするか？」

「べ、別の味ですか？」

「ああ。口に合うかどうかは分からないが……エビマッグにするか」

「ん！」

ナーフィも食べたいようで、いつもより主張強く声をあげる。

はいはい、分かってるって。

「リアはどうする？」

「……よ、余裕があるなら、あたしもちょっと食べたいわね」

だろうな。さっきからずっと食べたそうに見てるんだもん。

俺が召喚したのはエビのフライが入ったハンバーガーだ。それを召喚して彼女に渡すと、アンナはもう最初のようなためらいなく一気に食べ始める。

「……お、おいしい⁉　さっきのお肉とは違って、なんだか違う生物が入っていますね……っ」

「ああ。エビっていう……水辺にいる生物なんだが分かるか？」

そういえば……今特に気にせず食わせているが、アレルギーとか大丈夫なのだろうか……？

そこら辺ちょっと心配であるが、今のところは問題なさそうだ。

「は、はい。聞いたことあります……それを揚げたもの、ですか……揚げるのって大変ですよね？」

そうなんだろうか？

こちらの世界では油も貴重なら、確かにその可能性は高い。

「俺の世界だとそうでもないんだよ。気にせず食べてくれ」

「は、はい……っ！　こちらの中に入っている液体も美味しいですね……！　なんですかこれは？」

「それは、ソースって言ってな……えーと、確か、マヨネーズと何かで合わせて作ったんだったか……」

さすがに、普段食べる側として何をどのようにして作っているのかまでは覚えていない。

俺は別に食レポしているわけではないので、◯◯がどうこうで……なんて解説はできなかった。

「まよねーず……ですか？」

「えーと、それは卵を使って作るんだけど……卵は知ってるか？」

「はい。……魔物たちが生み出すものですよね？」

ちょっと、アンナは不安そうにしている。

うん、これは俺の言い方が悪かった。

今頃《いまごろ》、アンナの頭の中にはドラゴンが卵を産み落としている場面でも想像しているのかもしれない。

「今回使っているのは鶏っていう生物の卵なんだが、それは知ってるか？」

「に、鶏は知っています。……あの卵がこれになったんですか……ご主人様はいろいろと知っていて凄《すご》いんですね」

アンナは俺のことをご主人様、と呼ぶようだ。

彼女は一口食べた部分をじっと見て、何やら感動した様子だった。

向こうの世界のことならそりゃあ説明できるが、こちらの世界基準だと俺はいろいろ知らない側なんだけどな。

バクバクと食べるナーフィと黙々と食べるリア。

……ひとまず、リアもナーフィもそれなりに関《かか》わってきてくれるので、ここはアンナに声をかけようか。

「空腹は大丈夫か？」

「……く、空腹とまでは言っていませんよ」

「そうなのか？　まあ、今後も食べたいときは隠さなくていいからな？　魔力に余裕があればいつでも準備できるしな」

「……は、い。おかげさまでありがとうございます。……それと、何も考えずバクバク食べてしまって申し訳ありません……奴隷の立場ですのに」

「いや、奴隷なのはあくまで立場だけなんだし、気にしないでくれ。俺は魔力の強化もしたくて、普段からいろいろと作ってはアイテムボックスにしまってるんだ。腹が減ったらまたいつでも言ってくれ」

「……あ、ありがとうございます。……シドー様、優しいですね」

「そうでもない。普通だ」

アンナが顔を俯《うつむ》かせながらの言葉に、俺は少し嬉しくなっていた。

ただまあ、あくまで普通のことをしているだけだ。

優しいと言われるほどのことはしていない。

まだ、完全に警戒がなくなったわけではないようだが、少しは打ち解けられたようだ。

順調に餌付けできているようだ。

引き続き、アンナとの交流を図るため、声をかける。

「喉《のど》は乾いていないか？　何か飲むか？」

アンナにはこちらかコミュニケーションを取っていく必要があるだろう。

俺の言葉に、アンナは緊張した様子ながらも口を開いた。

「……はい。何かあればいただきたいです」

「甘いものと普通のお茶、どっちがいい？」

「……あ、甘い飲み物というのはあのシェイク、でしょうか？」

「うーん、それもあるけど……何か好きなフルーツはあるか？　ジュースの話もしていたし、そっちはどうだ？」

マッグドナルドのマッグシェイクとか普通にジュースとか。

あとは、自販機とかで買えそうな各種ジュース。それらを暇なときに召喚している。

フルーツ、といって果たして俺の知識で分かるものをあげてもらえるかは不明だ。

「……オレンジは分かりますか？　あれが結構好きですね」

「おっ、それなら、オレンジジュースがあるな」

「お、オレンジのジュースですか？　オレンジを絞って作るのですよね？」

「まあ……正確にはちょっと違うんだけどな」

俺が取り出したオレンジジュースはたぶん、果汁１００％ではない。

炭酸オレンジジュースの入ったペットボトルをアンナに差し出す。

受け取ったアンナはしばらく中の液体を眺めていた。

「……こ、これは？　とても綺麗《きれい》な入れ物と飲み物ですが……どのように飲めばいいのでしょうか？」

　俺は自分の分のお茶を取り出し、ペットボトルを開けてみせる。

　アンナは俺の動きを真似《まね》るようにペットボトルのふたを開けると、ぷしゅっと炭酸飲料特有の音が響き、びくっと肩をあげる。

　シュワシュワーと中で音を上げるジュースに、アンナはあわあわとこちらを見てくる。

「そのまま飲めるから安心してくれ」

「……の、飲めるんですかこれぇ。ど、毒みたいですけど……っ」

「媚薬じゃないわよね⁉」

　傍《そば》からリアが叫んできた。こいつやっぱり媚薬飲みたいんじゃないのか？

「違う。ちょっと、シュワシュワするかもしれないから、合わなかったら言ってくれ」

「は、はいっ」

「んっ！」

「はいはい。ナーフィの分もあるからな」

「あ、あたしも飲んでみたいんだけど……」

「ああ、いいぞ」

　やはり、リアとナーフィは自己主張してくれるな。

　彼女らにも同じものを渡し俺はアンナを見る。

どこか緊張した様子でその飲み物を見ていた。

それでも、これまでの俺が与えていたもののおかげか、すんなりと口にはつけてくれた。

順調だな。

喉をこくりと鳴らしたアンナは、それから目を見開きごくごくと飲んでいく。

初めての炭酸飲料だったと思うが、慣れた様子で飲んでいく。

そして、口を離したアンナは嬉しそうに声を上げる。

「お、美味しい……とても甘いですねこれ……っ！　ちゃんとオレンジの味もするし、これすごいです……！　この容器も飲みやすいですし！」

そりゃあ、人工甘味料などが入っているから当然だ。

美味しいと感じるために開発されたそれらの効果は、ちゃんと異世界人にも通じるようだ。

「それは良かった。ただ、さっきのハンバーガーと一緒で毎日取り続けると体にはあんまりよくないからな」

……普通ならよくないのかもしれないが、俺もこっちに来てからジャンクフードばかり食べているが体の調子はかなりいいんだよな。

もしかしたら、ハンドガンのように召喚したものには何かしらの効果が付与されているのかもしれない。

「……確かに、これだけの美味しさを毎日いただいていたら、普段の食事が物足りなくなってしまうかもしれませんね……。気をつけます」

いや、そういう意味ではないのだが。

まあでも、毎日食べさせることはしない、と伝わればそれでいいか。

今日は……アピールするためにもジャンクフードばかりを召喚していたが、これからはもう少し健康に気を遣ったものを召喚していくのもありだろう。

三人のエルフたちは嬉しそうに飲み物を口にしている。

スラムで出会ったときに比べて表情はかなり緩やかだ。

……取りあえず、ご主人様として問題なく交流できているってことでいいだろうか。

俺たちが街の外に出たところで、リアが軽く体を動かしていた。

準備運動だろうか。

アンナも同じように動いている。ナーフィは眠たそうに目を擦《こす》っていて……これからちょっと心配だ。

「……ねえ、シドー様。なんかあの食事にバフ効果とかってあるの？」

「……え？　いや、特にそういうことはなかったと思うが？」

「食事をしてから体が軽いのよね……今なら、普通に戦ってもゴブリンくらいなら倒せると思うわよ」

元々、亜人は力が強いらしい。人間の三倍くらいは力が強く、そして人間の十倍くらいの食欲らしい。

そんな彼女たちなら、確かにゴブリンだろうと素手でボコボコにできる可能性はあるが、バフ効果か……。

「……お腹いっぱいで力が湧《わ》き上がる、とかじゃないのか？」

「いや、確かにここまでの満足感は久しぶりだけど……そういうのじゃないのよ。体の奥から力が湧き上がってくるというか……体が火照っているというか……ま、まさか——」

「媚薬じゃないからな」

余計なことを言う前にリアをびしっと牽制《けんせい》する。

「……そうなのね」

なんでちょっと残念そうなんだよ。

「でも、アンナもナーフィも体軽くなってるんでしょ？」

「はい……いつもと違う感じ、です」

「んー」

ナーフィもこくこくと頷いている。

……バフ効果、か。

実際、俺が食ってもそんな気はしないが。

もしかしたら、異世界の人が食べるとバフがかかるとか？

でも、ハンドガンの例もあるし何かしら効果が付与されるのは間違いないだろう。

「俺の魔法もまだ分かっていないことが多くてな。まあ、不都合ないならいいんじゃないか?」

「そうね。特に問題はないわね」

俺たちは、早速ゴブリン討伐へと向かう。


ここ最近、ゴブリンの発生が増えているということでその被害も増えているそうだ。

だから、ゴブリンは見つけ次第討伐した方がいいとは旅の途中で冒険者たちが話していた。

そんな危険な魔物であるゴブリンと戦った付近に行ってみると、早速ゴブリン二体を見つけた。

俺たちはその様子を遠くから見守っていた。

リアの視線がこちらへ向いた。

「……ゴブリンいるわよ。どうするの?」

「取りあえず今は俺の戦闘を見ていてほしい。俺が使っている異世界の武器を三人が使えそうなら、用意しようと思っている」

「分かったわよ。無理するんじゃないわよ。あんたがやられたら、あたしたちだってゴブリンにやられて……それはもう、陵辱されて……っ!」

「き、気をつけてくださいね……ね」

リアはともかく、アンナが気遣うように声をかけてくれた。

……一人で戦っていたときもそれはそれで黙々とノルマを達成していく感覚は悪くなかったが、こうして仲間がいるのはいいな。

仲間たちの声かけに頷いていると、ナーフィも心配そうにこちらを見てくる。

「ん……」

……俺の心配、というより俺に何かあった後のことを考えているように見える。

まあそれでも心配してくれているのは確かだよな。

俺はアイテムボックスにしまっていたハンドガンを取り出す。もう何度か使っているので、準備は慣れたものだ。

そんな準備をしていると、ゴブリンがこちらに気付き、下卑た笑みを向けてくる。

狙いは、俺というよりはリアたちか。これほど可愛《かわい》い女の子たちともなると、ゴブリンたちの標的にされてしまうようだ。

それこそ、リアが言っていたようなことに巻き込まれる可能性もある。

ゴブリンへと向け、すかさず発砲する。びくり、とリアたちが体をすくませた。

……リアたちにそんな視線を向けるなんて、いい度胸だ。

興奮した様子でゴブリンたちがこちらへと迫ってきたので、俺はすかさず拳銃を構えた。

即座に、引き金を引くと、凄《すさ》まじい音が響いてリアたちが短い悲鳴を上げる。

俺の銃弾はゴブリンの足を貫いた。遅れて、ゴブリンの仲間たちがこちらに気付いて走ってくる。

だが俺は、寸分違わず射抜いていく。

銃声……そしてそれが悲鳴を生み出していく。

「うが⁉」

ばたりと前にいたゴブリンが倒れる。それに巻き込まれる形で後ろにいたゴブリンも転がる。

俺は近づきながら二体の頭を撃ち抜いて、仕留めた。

弾丸を使い切ったので、取りあえずリロードを行っておいた。

ゴブリンたちはあっさりと仕留め終わり、俺はリアたちに視線を向ける。

「これが、俺の異世界の武器でハンドガンって言うんだ。ゾンビとか倒すときはだいたいこれが初期武器でな。結構な威力だろ？」

少し冗談を交えながらいうと、リアは感心したようにこちらを見てくる。

「……け、結構どころじゃないわよ。ゴブリンがこんなにあっさり倒せる遠距離攻撃なんて、魔法くらいしか聞いたことないわよ……。なるほどね。この武器があったから、ある程度誰でもいい、って話だったのね」

「そういうことだ。取りあえず、これを皆が使えるかどうか試してみようと思っていたんだけど……」

ナーフィはこちらに片手を差し出してきた。

またハンバーガーか？　と思ってハンバーガーを出すとそれを受け取り、ぱくりと食べながら首を横に振る。

「ハンドガン、使ってみたいのか？」

「ん」

でも、ハンバーガーも食べるのね……。

取りあえず俺が持っていたハンドガンを渡すと、彼女は近くの木を指さした。

そして、俺がやっていたようにトリガーを引き、木に銃弾を放っていく。

……九発、すべて命中だ。

片手でハンバーガーを食べながら。

……亜人の筋力が強い、というのはこういうところでも影響しているのだろう。

まったく反動などを意に介していないので、さすがだ。

「おお、凄《すご》いなナーフィ！」

「ん」

ちょっと、誇らしげである。食欲も凄まじいが、ここまで見事な腕をしているなら、問題ないだろう。

マガジンを渡すと、ナーフィはハンバーガーを飲み込みながら、リロードをする。

……俺がやってみせた動きなら、すべて完璧《かんぺき》に覚えているようだ。

天才だ……。

「ナーフィ、って結構戦闘センス凄いのよ……。あたしたちが食事に困ったときは、魔物とか狩ってきてくれたし」

「……そうなんだな」

戦闘能力が高く、胸も大きいなんて……ナーフィは凄い。

ハンドガンを撃つたびに揺れ動く胸元を、観察する。下心はない。あくまで、ナーフィのハンドガンの扱いを見ているだけだ。

「次、あたしにも貸してよ」

「ん」

リアが声をかけると、ナーフィがすっとハンドガンを渡した。それと同時に、手持ち無沙汰になった両手をこちらに差し出してくる。

ハンバーガーを渡すと、笑顔とともにかぶりついた。

……さて、次はリアだ。

彼女もハンドガンを握ってから、しばらく観察していたのだが、すぐに近くの木に向かって放っていった。

「んー……何だか弓矢よりも真《ま》っ直《す》ぐ飛ぶわね」

「弓を使ったことあるのか？」

「仮の練習とかでね。でも、このハンドガンだっけ？　こっちの方が当てやすいし、威力も凄いわね」

そう言って、何度か調整しながら放っていく。……もうすっかり音には慣れたようだな。

彼女も弾を放つたびにその豊かな胸元が揺れ動く。……ナーフィとリアは同じくらいのサイズかと思ったが、こうしてじっくりと観察してみるとナーフィが一番大きいな。

……うん、これはこれで眼福だ。

全弾命中とはいかないが、リアもそれなりの命中率だ。

「アンナもやってみる？」

「い、いいんですか……？　わ、私の垢《あか》とかついちゃいますよ……」

ちらちらとアンナが窺《うかが》うようにこちらを見てくる。

アンナは少し……いや、かなり自己肯定感が低いよな。

アンナと接する時は、多少過剰と思われても彼女の意見を肯定してあげた方がいいかもしれない。

「垢がつくくらい気にするな。アンナの垢ならむしろご褒美《ほうび》みたいなところもあるからな」

「え……？　ど、どういうことですか？」

「そのままの意味だ。アンナは魅力的な女性なんだから、そんなことは気にする必要なんてない。ほら、ハンドガン使ってみてくれ」

……さすがにちょっと言い方が気持ち悪かったか？　困惑した様子でアンナはハンドガンを受け取り、それから木に向けた。

リアが、じとっとこちらを見てくる。

「……あんた、さっきの意味はどういうことよ？　まさか、アンナをいやらしい目で見ているんじゃないでしょうね？」

「いや、そうじゃなくてな。アンナはどうにも、自分の評価が低いみたいだからな。過剰でもいいから褒めていこうと思ったんだ」

嘘《うそ》ではない。いやらしい目でというのであれば、リアやナーフィの胸元の方を見まくっているくらいだ。

「ふーん……。まあアンナのことを変な目で見るんじゃないわよ。あたしがあの子たちのリーダーとして、何かあったらあたしに相談すること。いいわね？」

「……了解」

それはつまり、リアならば不躾《ぶしつけ》に見まくってもいいということでしょうか？　さすがにそんな質問は心の奥にしまっておいた。

ナーフィにハンバーガーを渡しつつ、アンナを見る。

アンナは連射こそしないが、確実に木を撃ち抜いていく。

いた。


……こちらも結構うまい。

そして、アンナは三人の中では一番胸元が控えめであったが……撤回だ。彼女はあくまで普通サイズ。リアとナーフィがいることで、彼女の胸がスモールサイズだと勘違いしてしまっていた。

……ハンドガンの衝撃で揺れるアンナの胸元は、とても素晴らしい。というか、特に気にせずにアンナには絶対領域が生まれるような服を渡していたのだが、こうしてみるとかなり太ももが素晴らしい。

……アンナのおかげで、見るべきは胸だけではないのだと理解させられたぜ。

「ど、どうでしょうか？」

「いや、凄い。見事だった。体をじっくりと見させてもらったが、全くぶれていないし正確な射撃ができていた。凄いぞ、アンナ」

「……そ、そんなこと、ないです。……い、一回撃つたび深呼吸しちゃってましたし」

「それでも、四人で戦うんだから一呼吸落ち着く余裕はあるんだから大丈夫でしょ。あたしも、もっと正確にしないといけないわね」

先ほど、俺の話を聞いていたからかリアもアンナを褒めていく。アンナはそこまで褒められることに慣れていないからか、頬を赤く染めながらもじもじとこちらにハンドガンを渡してきた。

「ハンドガンの扱い、皆大丈夫そうだな……。この世界にハンドガンとかってないんだよな？」

「ないけど……シドー様のを見ていたら何となく分かったのよね。まあでも、細部とかは分からないから教えてもらうこともあるかもだけど」

「……そうか。取りあえず、全員分用意してよさそうだな」

もしも、使えないというのであれば別の武器の方が良かったと思うが、これなら大丈夫だ。

……ということは、俺の苦難がしばらく続くってことだな。

俺はすぐにハンドガンの召喚を行うため、準備を始める。召喚魔法を以前と同じように発動していく。魔力が足りなくなったら魔力回復薬で補給していくのだが、この時間が苦しい。

それでも前よりは、楽になった。魔力が増えたということだろう。

「……し、シドー様。大丈夫？」

「……なんとかな」

顔色が悪くなっていたのか、リアに心配されたが、俺はなんとかハンドガンを召喚。その作業をあと二回行っていった。

ついでにマガジンも召喚し、すべての準備を終えた。

「シドー様。奴隷契約している場合、ご主人様と奴隷の収納魔法を連結させることもできるわよ？」

マガジンを手に持っていたリアがそう言ってきた。

「……そうなのか？」

「ええ。どこまでの権限を与えるかはシドー様のほうで決められるから、こういった消耗品はシドー様の収納魔法を経由した方がラクなんじゃない？」

確かに、そうだな。

もう細かいことを考えている暇はなかったが、俺はその場でごろりと大の字になって休んでいた。

三人ともハンドガンを持ちながら、狙いを構えてみるなどいろいろとやっていたが、俺はしばらく休憩。

休んでいると、先ほどのゴブリンの死体の臭いに釣られたのか、ゴブリンたちがやってきた。

一人ならば大変だったと思うが、リア、アンナ、ナーフィがいる。

「た、対応……任せていいか？」

「ん」

「そうね。アンナ。あたしとナーフィで戦うから、シドー様の警備任せてもいい？」

「は、はい……！　頑張ります！」

リアが指示を出してくれる。

ゴブリンの数は五体いたのだが、ナーフィがハンドガンを滑らせるように動かすと、三体が倒れていた。

……え、マジで？

ナーフィはすでにハンドガンの使い方を完全に習得したようだ。

呼吸するようにゴブリンを倒している。

……戦闘センスがある、とは話していたが、彼女はとんでもないのかもしれない。

リアは、ナーフィほどではないが的確に撃ち抜いていき……こちらも問題なさそうだ。

「うーん……動いている相手ってなると、かなり当てにくいわね」

リアはそんなことをぽつりと呟《つぶや》き、俺の近くでハンドガンを握っていたアンナはホッと息を吐いた。

……結構足が震えているので、まだアンナを戦わせるのは難しいかもしれない。

ひとまず、今は彼女が前向きになれるよう、温かい言葉をかけていこう。

「ありがとな、アンナ。アンナが近くにいてくれて心強いぞ」

「……そ、それなら、良かったです」

アンナがに、にこーという感じで笑う。……アンナの笑顔は何というか小動物感があるというか、妹たちを思い出してしまう。

……庇護《ひご》欲が掻《か》き立《た》てられる、儚《はかな》い雰囲気があるからかもしれない。

少し休憩をとったことで、俺も体を起こせるくらいには回復した。

そんな俺に、リアが問いかけてきた。

「……シドー様の魔法って、なんでも作り出す魔法ってわけじゃないのよね？」

「ああ、異世界のもの……俺からしたら自分の世界のものを召喚する魔法だ、と思う」

俺も自分の魔法についてはまだ分かっていないことも多い。

ただ、何度かこの世界のものを召喚しようとして失敗したので、たぶんこの認識で間違いないだろう。

「ん」

「はいはい」

俺はハンバーガーを召喚し、ナーフィに渡した。

「収納魔法に入れておいたから、そっちからとってもいいからな?」

休んでいる間に収納魔法のアクセス権限関連も対応しておいた。

ひとまず、ハンドガンとマガジンと食品に関しては取り出せるようにしておいた。

「んー」

ナーフィは首を左右に振ってから、俺を見てくる。

「どうした?」

「た、たぶんですけど……渡してほしいみたいです」

「ん」

アンナがそういうと、ナーフィがこくりと頷いた。

……可愛いところがあるな。毎回受け取りに来るのは大変じゃないかと思ったが、そういう事なら別にいいか。

むしゃむしゃと美味しそうに食べる彼女に合わせ、リアとアンナもハンバーガーを食べていく。

それにしても……さすがに食べ過ぎか？

……明日から、別のものを食べさせようと思っていたが、今日から考えた方がいいかもしれないな。

それからの戦闘は、ハンドガンでバンバンゴブリンを射抜いてくれるので、俺はもう見ているだけでいい。

こうなると、魔力にも余裕が出てくるので城にいた時のように俺は召喚魔法を使っていく。

三人が魔物を倒していくと、そのいくらかが俺の方へと経験値と入ってくる。それで、ちゃんとレベルアップもしている。

……計画、通りだな。

奴隷契約、という言葉に悩んでいた部分はあったけど、今のところは普通のパーティとして活動できていると思う。

それにしても、これだけ強いとなると……今頃《いまごろ》、城に残った連中はどんだけ強くなっているんだろうか。

田中くんや佐藤くん、それにクラスの人たちは元気にやってるかなぁ……。

ゴブリンとの戦闘をしばらく続けた後、俺たちは休憩をとっていた。

場所は街から少し離れた森の中。

俺は先ほどの戦闘を振り返りつつ、アンナに声をかけた。

「さっきのアンナの攻撃、良かったな」

「……あ、ありがとうございます」

「いち早くゴブリンに気付いてくれて助かったよ」

「ん」

ナーフィも褒めるようにアンナの頭を撫《な》でていて、アンナは恥ずかしそうにエルフの耳先を揺らしながら顔を少し隠していた。

アンナは、どうにも感知能力が高いようだ。

そんなことを考えていると、アンナを褒め終えたナーフィが俺の背中にべたーっと抱きついてきた。

「ど、どうした?」

お、おっぱい当たってます！　俺の肩付近に頭を乗せてきたナーフィは、こちらに頭を向けてくる。

……撫でろ、と言っているのかもしれない。

「頭を撫でればいいのか?」

「ん」

どうやら、ナーフィも褒めてほしそうだな。確かに、アンナばかりを過剰に褒めていたし、もう少しナーフィとリアも気にした方がいいよな。

よしよしとナーフィとリアの頭を撫でると心地良さそうに目を細めてくれた。彼女の髪はとてもサラサラで心地よいのだが、それよりもっと凄いものが背中に押しつけられているせいで、意識がそちらにばかり向いてしまう。

ナーフィは全く気にしていないようだが。

「……」

ジトーっとリアが見てきていたが、仕方ないだろう。

俺だって男の子なんだぞ？

……落ち着け、俺。

こんなので動揺していたらダメだろう。俺が目指すべきは奴隷を従えるご主人様だ。

おっぱいの感触を楽しむくらいの余裕はもってもいいはずだ
ふう……深呼吸。

よし、落ち着いたぞ。

えーと、取りあえず次の予定は……おっぱい、おっぱい、おっぱいいや、違う。

煩悩を追い出すようにしながら、再び深呼吸をしてから俺は三人に問いかける。

「そういえば、三人の中で魔物の解体ができる人はいるのか？」

「あたしは……できないわね」

「……私もです。すみません、すみません」

「んー」

ナーフィは首を横に振った。一番できそうな気はしたが、彼女も難しいか。

「なら、専門の人に任せた方がいいか」

「素材のすべてを生かしたいなら、その方がいいと思うわよ。特に、シドー様って勇者なら無尽蔵の収納魔法使えるんでしょ？　そこに入れて持っていけば問題ないんじゃない？」

「……そうだな」

実際、今も結構入れてるし。

「手数料は取られちゃうと思うけど、自分たちで解体している時間で魔物を狩っていた方がレベル上げの効率もいいし、まあ覚えろっていうなら覚えるけどね」

……俺としては解体に関してはどっちでもいい、というのが本音だったがリアの意見に同意だ。

俺たちは戦闘効率がいいんだから、経験値のことだけを考えるなら戦っていた方がいいだろう。

解体を覚えて一生懸命やっていったとしても、その道のプロになるにはどれだけの時間がかかるか分からない。

魔物によって解体の仕方も違ってくるだろうし、いろいろ考えたら死体を持って行った方がいいだろう。

……まあ、アイテムボックスの制限などいろいろと問題もあるのでおいそれと大量に持っていくわけにはいかないんだけど。

「今は律義にゴブリンの死体も回収してるけど、もしかしてゴブリンくらいなら解体しても大して金にならないか？」

「これだけ綺麗な形で死体も残ってるし、それなりのお金にはなると思うわよ。角、牙《きば》、爪《つめ》は武器などの素材になるし、目や睾丸《こうがん》は薬の材料にもなると聞いたことがあるわね」

「……え、こ、睾丸って何に使うんだ？」

気になってつい問いかけてしまった。

リアも、特に意識していなかったのか、俺に改めて問われると少し恥ずかしそうに頬を赤くする。

お、お前いつも好き勝手発言しているくせに何を恥ずかしがっているんだ！

ていうか、睨《にら》まれた。理由を知っているのか、アンナもあわあわと顔を赤くしていく。

「せ、精力剤よ……。オークの方が効果は高いらしいけど、ゴブリンのものでもそれなりに効く……みたいよ。だ、だからってそのまま飴《あめ》みたいに舐《な》めたって効果ないわよ⁉　やる気満々になるんじゃないわよ⁉」

「……する気ねぇよ！」

勝手に暴走しているリアに叫びつつ、俺は息を吐いた。

ナーフィは特に気にしていないし、リアはどうでもいいが……アンナはまだ顔を真っ赤《か》にしてしまっている。

……これからは質問するときに気をつけよう。

ゴブリンの睾丸が加工された商品をあまり想像したくはなかったが、別に地球でも珍しいことじゃないよな。

睾丸が食べられる動物もいるわけで、実際にクジラとかのは食べられていたこともあるらしいし。

睾丸、と言われるから意識するだけだ、別に普通に出されて、あとで種明かしされても分からないだろう。

まあ、あとで種明かししてくるような奴がいたら先に言えとどつくが。

「戦闘はどうだ？　何か気になるところがあれば言ってほしいが……問題なさそうか？」

リアとナーフィはなんだかんだ交流があるのだが、アンナだけは俺から動く必要がある。

なので、問いかけてみると彼女は少しびくっと背筋を伸ばしてから微笑《ほほえ》んだ。

頬のあたりがちょっと引き攣《つ》っているのは気のせいではないだろう。

「アンナは別にシドー様のことが嫌いだからとかじゃなくて、単純に男性が苦手なのよ。だから、あんまり気にする必要はないわよ」

リアがそう俺をフォローするように言ってきてくれたが、それはそれでどうしようかと迷う。

あまり無理に関わらないほうがいいのだろうか？　と思っていると、アンナはすみませんと頭を下げた。

「そ、その……私兄弟がいて……その兄たちに凄いいじめられてたもので、……すみません」

……それが彼女の自己肯定感の低さに関係しているのかもしれない。

「いや、無理に話さなくてもいいから。気にしないでくれ。……戦いで問題なければ、それでいいんだ」

……三人とも、スラムで暮らしていたのだから何かしら理由はあるだろう。

リアは、スラムで暮らしていたとは思えないほどに知識や落ち着きがある。……生まれは、それなりにいいんじゃないかと感じていた。

アンナも先ほど話していたように今のような性格になった理由があるんだろう。

ナーフィも物静かだが、人懐こいので決して悪い子ではない。

……ただまあ、そこは本人たちにも思うところはあるだろうし、深くは突っ込まないでおこう。

「私は……大丈夫です。戦うのが大変だとは思っていましたけど、このハンドガンなら、バンバン倒せます。これなら、低ランクの迷宮とかも問題なく攻略できると思いますね」

迷宮？　そういえば、そんな話は聞いたことがあったな。

「この街の近くにもあるのか？」

道中の旅でそういった話は聞いていたが、それがどんな存在かまでは聞いていなかった。

やはり、俺も男なので迷宮などといったものを聞くと、昂《たかぶ》る心はある。

それに、迷宮の方がレベル上げの効率がいいかもしれないしな。

「あったと……思います。……ありましたよね、リアちゃん？」

「ええあるわね。低ランクの迷宮だし、確かに今みたいにあてもなくゴブリンを探すよりは効率いいと思うわよ」

「……そうなのか。俺は迷宮に入ったことないんだが、稼げるのか？」

「稼ぎはまあ、運にも左右されるわね。でも、野生の魔物と違って迷宮が一定時間で魔物を生み出してくれるから、レベル上げの効率だけは確実にいいと思うわよ」

「それはいいな」

「ただ、迷宮から生み出された魔物たちは魔石と稀《まれ》に素材をドロップするだけよ。だから、基本的に稼ぎは少なくなっちゃうかもしれないけど……まあ、ゴブリン狩りよりは効率いいんじゃないかな、って感じ？」

「……なるほど」

「迷宮によっては素材のドロップがいい場所もあるから、そこらへんは詳しく調べてみないとなんとも言えないわね。あとは、運の良さも関係するわよ」

……運には、あまり自信がないんだよな。

いやでも、この三人と巡り会えたことを考えれば、俺の運はいいのかもしれない。

逆に、ここで使い果たしてしまったという可能性もなくはないか。

「それなら、明日からは迷宮に行ってみるかね」

今日はどっちみちリアたちにハンドガンでの戦闘に慣れてもらうつもりだったからな。

……まあ、そんな心配は不要と思えるほどに、三人のセンスは良かったが。

「そうね。それでいいと思うわよ」

「ああ、いろいろ教えてくれてありがとな」

「……奴隷相手に感謝なんて必要ないわよ」

「いや、奴隷はあくまで肩書だけだ。俺は三人を大切な仲間だと思っているからな。これからもいろいろ教えてくれ」

俺がそう言うと、リアたちは顔を見合わせてから口元を緩めて頷いてくれた。

……取りあえず、そろそろお昼にするか。途中、何度もハンバーガーを食べていたナーフィたちだが、あれはあくまでおやつだからな。

「一度、昼休憩にするぞ」

俺がそう言うと、三人は期待するようにこちらを見てくる。

といっても、まずはハンバーガーだ。

それとは別に、俺はサラダを皿に出してドレッシングをかけた。

そうしたら、三人が興味津々と言った様子で覗《のぞ》き込んできた。

「……ご、ご主人様。そちらはなんでしょうか？」

アンナが珍しく問いかけてきた。

……これまで、何度も彼女を褒めまくってきたので、少しずつではあるが歩み寄ってきてくれているのかもしれない。

ふふふ、いい傾向だ。

「サラダとドレッシングだ……食べてみるか？」

めちゃくちゃ気になっている様子だ。食欲旺盛なだけではなく、食事自体が好きなんだろう。

「……は、はい」

「それじゃあ、一口どうぞ」

俺はフォークとお皿を取り出し、一口分をとってアンナの方に差し出す。

すると、アンナは少し恥ずかしそうにしていた。

ああ、しまった。

特に考えずにあーんをしてしまっていたようだ。

さすがに食べにくいだろうしと思っていると、ナーフィが食いついた。

もしゃもしゃと食べていた彼女は目を輝かせてから、

「ん」

要求してきたので、皿をもう一つ召喚してサラダを並べる。

ドレッシングをかけてやると、彼女はかきこむように食べていく。

フォークの持ち方は赤ん坊のようだったので、少し注意をしながら、リアたちの分も用意した。

二人は一つの皿に載ったサラダを口に運ぶと、目を見開いた。

「……⁉　これは、なんですか⁉　何か、とても、とても美味しいです！　これがドレッシングですか……⁉」

「……凄いわね、これ。野菜ってあたしそのまま食べるのに抵抗あるんだけど、これならいけるわ……」

「それは、たまねぎのドレッシングだな。味はいろいろあるし、試してみるか？」

いくつか召喚しておいたドレッシングを取り出すと、ナーフィはハンバーガーを飲み込むように食べ、こちらに顔を向けてきた。

まだまだ、新しいサラダを食べたいようだ。

俺は市販のサラダを召喚し、その袋を開けてナーフィの皿に出してやると、彼女はすぐにドレッシングを開けて少しかけて食べていく。

先ほどかけたのはごまドレッシングだ。彼女は一口食べると、嬉しそうに頬を押さえた。

「ん！」

またおかわりを要求だ。ドレッシングをかけているとはいえ、サラダだからな。

ハンバーガーよりは勧めやすい。

実際はいろいろなものが混ざっているが、それは置いておこう。

リアも別のドレッシングを取り出し、サラダへとかける。

一口ぱくり、と食べると彼女は頬を緩めた。

「……これも、美味しい。シドー様の世界って、凄いわね……」

「……それは良かった。あんまりかけると体によくないから、それだけ気をつけてな」

こくこく、と三人とも頷いているが、食事のペースはかなりのものだ。

……相変わらずの食欲だことで。

結局それから数十回、サラダを召喚したところ三人は満足してくれた。

元気いっぱいになったからか、三人はさらに意欲的に魔物狩りを行ってくれる。

クックックッ。

完全に作戦通りだ。

俺の召喚魔法の魅力に取り憑《つ》かれた彼女たちならば、恐らく俺の思い通りに経験値を稼いでくれることだろう。

リアたち自体が強くなれば、より強い魔物とも戦えるようになるわけで、そうなれば生活費に関しても何も心配しなくて済むだろう。

後は、とにかく俺の召喚魔法を強化するだけだ。

ジャンクフードに漬かってしまった彼女たちは、もはや罠《わな》にかかった獲物そのものだ。

それからまたしばらく戦闘をしてから、日《ひ》も傾いてきたので街へと戻った。

「取りあえず、汗でも流してくるか？」

「また……いいの？　も、もしかして今度こそはそういうことじゃないわよね……？」

「実は期待してるんじゃないだろうな……？」

「してないわよ！　何を言ってくるのよ変態っ」

その発想が出てくるリアにも問題あるのでは？　理不尽な奴め。

「俺も汗は流したいからな。公衆浴場は毎日行くと覚悟しておいてくれ」

そう言って収納魔法に必要なお金と着替えなどを入れておく。

俺は男湯の方へと向かい、一度そこで別れる。

……ふう。

公衆浴場の質は、正直言ってあまりよくない。個室の敷居はトイレのような感じで、上の部分と下の部分に隙間《すきま》があるような感じだ。

場所によっては木の壁に穴が開いているなどもあるしな。

中に入ると、シャワーのようなものが壁につけられている。魔石があり、そこに魔力を込めると生ぬるいお湯が出てくる。

……うーん、もうちょっと温度は高いほうがいいんだがな。

贅沢《ぜいたく》は言えないので、さっさと洗っていく。

そのうち、俺の召喚魔法が強化されたら、家丸ごととかは召喚できるのだろうか？

せめて、コンテナハウスくらいは召喚できるようになれば、いろいろと便利なのは間違いない。

今後、召喚魔法について調べるために世界を旅するときに、野宿しなくて済むしな。

日本の環境に慣れていると王城での生活くらいでないと満足できないが、それでもやはり落ち着くためにもこの時間は悪くない。

今日あったこと、これからやるべきことなど、ぼんやりとしながらいろいろなことを考えつつ、体を洗い終えた。

アイテムボックスに入れていたタオルを取り出し、体を拭いていく。

……タオルとかもどこかで洗濯したほうがいいとは思うんだがな。

現状は新しいものを召喚し、一回使ったらアイテムボックスに入れておくという形だ。

取り出す時は新品の物と願えば取り出せるので、間違えたこともない。

なんとも贅沢な使い方をしているのは自覚している。

……別にこれでもいいのだが、いずれはどこかで洗いたいものだが、洗濯機とかあるわけじゃないしなあ。

洗濯機もいずれ、魔力が強化されれば、太陽光パネルとか召喚して電気の確保とかできるのだろうか？

……それか、バッテリーとかを召喚してみるのもありだよな。

まあ、そこまで行く前に日本に戻れるのが一番なんだけどな。

汗を流し終えた俺は、しばらく外で待っていると、リアがやってきた。

皆それぞれ、パジャマに着替えてくれているようだ。

リアは……なんだか疲れた様子だ。アンナはそれを慰めるかのように笑顔を向けている。

「リア、大丈夫か？」

「……ナーフィ、まったく自分で洗う気ないのよ。まったくもう、疲れたわよ」

「……ああ、それで」

代わりにリアが洗ってあげたんだろう。

そのナーフィはというと首にタオルをかけるようにして、ぐびぐびとジュースを飲んでいる。

ま、まあナーフィもそのうち自分のことは自分でやるだろう。

今は気長に待てばいいんじゃないだろうか？

彼女らとともに宿を目指して歩き出す。

やはり、リアたちの美貌は言うまでもないためか、道ゆく人たちの視線を集める。

特に今は、出会った時よりも血色も良くなっているからか、余計に注目されている。

それでも、皆奴隷だということが一目見て分かるのだろう。

俺に対して、嫉妬《しっと》の眼差《まなざ》しへと変わっていき、少し居心地が悪い。

「公衆浴場はどうだった？」

「……いいわね。やっぱり汗を流せるって全然違うわ。それに、この石鹼とかも……相変わらずいいわね」

「すごかったです……香りなどもしっかりしていますし、髪もいつもより艶《つや》があるような気がしますし……肌もツヤツヤですし。この服もとても着心地がいいですね」

「確かに、いつもより輝いてみえるな」

自己肯定感を高めるためにさっと褒める。

「……あ、ありがとうございます」

アンナは嬉しそうな、恥ずかしそうな様子で顔を俯《うつむ》かせている。

シャンプーや石鹼が肌に合わないということもなさそうなので、取りあえずは大丈夫か。

リアたちと部屋へ戻った俺は、すっかり暗くなった部屋を見る。

魔道具のランプがあるとはいえ、あまり明るくない。

この世界の夜は基本的に、寝るものらしい。

暗いので、俺はライトをアイテムボックスから取り出す。それは災害時などに使うもので、ランタンのようにもできるタイプのものだ。

それで明かりを確保すると、リアは驚いたようにこちらを見てくる。

「……とても明るいわね。それ、魔法じゃないのよね？」

「ああ。俺の世界にある道具だ」

「こっちの世界で言うところの魔道具みたいなものよね？　……なんだか、シドー様の世界ってあたしの想像の遥《はる》か上をいってるわね」

ふう、と息を吐くリア。

……まあでも、想像の上にあるのはこの世界だってそうだ。

当たり前のように皆が魔法の力を使っていたり、武器を使って魔物と戦う姿は、俺には想像の上をいくものだ。

お互い、経験していないからそういう意見が出てくるんだろう。

「俺の世界だと、夜にいろいろな娯楽があるけど……こっちの世界だと夜は基本的に暇だよな」

「そうね。魔道具で明かりは確保できるけど、暗いし……基本的には眠るだけね。……後は、エッチなこととか……何考えてんのよ⁉」

「お前が言うまで全く考えてなかったっての！」

全くこいつは……！

……夜の娯楽は基本的にリアが言ったことくらいしかないんだよな。

俺はアイテムボックスから取り出したスマホを手に取った。

……相変わらず、圏外のままだ。充電などは、電池と電池式バッテリーを召喚してあるので問題ない。

こっちに来てから、スマホはほとんど弄《いじ》っていなかった。

「シドー様……それはなに？」

リアは気になったことがあるとすぐに訊《たず》ねてくる。

かなり、好奇心旺盛なんだろう。

「ああ、スマホって言って……遠くの人と連絡をとったりするのに使うんだ」

今は……それ以外の用途もかなり多いが、基本的な説明としては間違っていないだろう。

リアはとても興味深そうにしていたので、触れられるようにテーブルに置いてから、スマホの画面をスワイプしてみせる。

「少し触ってみるか？」

「いいの？」

「ああ、大丈夫だ。落とさないようにな」

リアは子どものように目を輝かせながら、スマホに触れる。

「わっ⁉　す、凄い……！　何これ⁉」

画面が動くだけで、これほど驚くなんて……可愛いな。

まあでも、俺もこの世界に来てから魔法を見た時は似たように感動していたものだ。

俺は一度スマホを手に持ち、リアのほうへ向け、パシャリ。

カメラで彼女を撮影すると、リアは不思議そうに首を傾《かし》げていた。

「今のは、なに？」

「写真って言ってな。その場面を収めることができるんだ」

先ほど撮影した写真をリアに見せると、やはり驚いている。

予想通りの反応で、見ていて楽しくなってくるな。

「……こ、これあたしよね？」

「そうだ。これが写真って言ってな。こんな感じでいろいろ撮影できるんだ」

「凄っ……！　つまり、その場で絵を作っているみたいなもんよね⁉」

「そうなるな」

「……やばいわね、これ……すご……。……もしかして、これでえっちなこととか撮影したりもできるんじゃ――」

「なぜすぐそこに結びつけるんだ……」

きっとリアみたいな人がいるから、R－18コンテンツは広まったのだろう。それが良いことかどうかは分からん。

「だって、そういうえっちな絵とかが市場に出回るときもあるし、これがあればいくらでも作り放題じゃない！」

「……なんなら、俺の世界だと動画を撮って販売しているぞ?」

「ど、動画って何よ⁉」

「これだ」

俺がそう言って、今度は動画を撮って見せてみる。

「こ、これでえっちなことを撮影して、売るって……あんた何て天才なのよ⁉　えっちな天才博士じゃない!」

「俺が考えたみたいに言うんじゃねぇ!　無罪だ!」

リアは驚きながらしばらくスマホの画面を見ていた。

……全くこいつは。

リアはしばらくスマホを楽しそうに触っていたのだが、俺はその画面の左上を見ていた。

圏外は……直らないよな。画面に映るその文字が少し寂《さび》しい。

リアの興奮が気になったようで、二段ベッドで眠りにつこうとしていたアンナも降りてきてこちらを見ていたのだが、しばらくしてナーフィが眠たそうにあくびをした。

「そろそろ寝るか?」

「そ、そうね……そのごめんなさい。いろいろ聞きまくっちゃって」

「別にいいから。気にするな」

もう少し魔力が強化されたら、携帯型のゲーム機でも召喚してあげようか。

充電に関しても、モバイルバッテリーで多少はできるし、いい暇つぶしになるかもしれない。

アンナとリアが左のベッドで、俺とナーフィが右のベッドだ。

ナーフィは上が良いということだったので、二段ベッドの上を開け渡している。

皆の寝息が聞こえてきたところで、俺もゆっくりと目を閉じた。

……不安感は、なかった。

異世界に来てから、日々何かしらの不安を抱えていたのだが……今はリアたちのおかげで明日に期待が持てているようだった。

……それと同時に、日本にいる家族たちのことを思い出す。

少しでも早く戻れるよう、もっと強くならないとな。


次の日。スマホのアラームが鳴る前に目が覚めた。

……いつも、寝坊しないようにアラームをつけてはいるのだが、だいたいその前に目が覚めるんだよな。

スマホで時間を確認すると、午前七時二十三分。七時三十分にアラームはつけていたので、ひとまずそれを止めようとしたのだが、体が動かない。

な、なぜだ？

金縛りを一瞬疑ったが、理由は明白だ。

俺の体にナーフィが抱きついていたからだ。

なぜ、こんな状況になっているのか。

分からん。考えられるとすれば、ナーフィがトイレにでもおきた時に、間違えてこちらに来てしまったとかだろうか。

……それにしても、ナーフィは整った顔をしている。

こちらを見るようにして寝息を立てているナーフィはまったく起きる気配がない。

俺の体を完全に抱き枕《まくら》か何かと勘違いしている様子の彼女。

……ここまで、気持ちよさそうに眠っているというのに、起こすのも悪いか。

ひとまず、まだ皆起きてこなそうなので、スマホのアラームだけを解除する。

俺が少し動くとナーフィが俺をギュッと抱きしめてくる。

……その度に、いろいろ大きなものがぶつけられるのだから、俺としてはいろいろと思うこともあるわけだ。

落ち着け、俺。

あまり変な気持ちを起こさないようにしないと。

落ち着くために深呼吸をしようとすると、ナーフィの香りとシャンプーが混ざった匂いに頭の中がおかしくなりそうになる。

……し、深呼吸はダメだ。あまり深く考えないようにしよう。

目を閉じ、心を無にしようとするが、視覚がふさがれると余計に肌に触れている感触を敏感に察知してしまう。

とか、呑気に考えていると、ぎゅっと力強く抱きしめられる。

亜人は……人間よりも力が強い。それこそ、まるで蛇が獲物を仕留めるかのような威力で抱きしめられる。

ま、まだ耐えられるレベルだが、それでもこのままではまずい。

さすがに、死ぬほどの威力になれば奴隷紋が発動すると思うが……そういえば、故意ではない死などは警戒したほうがいい、とも話していたよな。

ま、まさか……ナーフィ。

「ナーフィ？　その、起きてくれないか？」

とんとん、と肩を揺さぶる。だめだ、ナーフィは起きる気配がない。

それどころか、さらにギュッと抱きしめられる。生命の危機と同時にむにゅんと彼女の胸が押しつけられる。

まずいまずい。本当いろいろとまずいことになっている。

そんな風に俺が一人苦悩していると、隣のベッドから目が覚めたかのような声が聞こえてきた。

「んー……あれ？　あっ、そうでした……。今日からはちゃんと屋根の下で眠れるんですね……」

ぽつり、と噛《か》み締《し》めるように呟いたアンナの声が耳に届く。

……感慨深そうに話している彼女には悪いが、俺は救助を求めるように声をかける。

「アンナー、聞こえるか？」

小さな声で呼びかけると、アンナがびくりとこちらを見てきた。恥ずかしそうにしている彼女の目とあう。

とても申し訳ないが、急を要する状況なので気を遣ってはいられない。

「……あっ、ご主人様。おはようございます。申し訳ありません、起こしてしまいましたか？」

「いや、大丈夫だ。それより、助けてくれ……！　ナーフィが俺のベッドに間違えて入った挙げ句につぶされそうなんだ！」

「え……⁉　わっ⁉　な、ナーフィちゃん！　ご主人様が死んじゃいます！」

慌てた様子でアンナがベッドから立ちあがろうとして、天井《てんじょう》に頭をぶつける。

そ、そっちはそっちで心配だが、今は俺の方をなんとかしてほしい。

よろよろと起き上がったアンナが二段ベッドから降りてこようとして、

「わ、わわわ⁉」

踏み外しそうになっていたが、なんとかこらえてくれた。

あ、危ないところだ。下手をすればこちらよりも大怪我《けが》になりかねん。

俺のところになんとか駆けつけてくれたアンナはそれから、俺の体を見てびくりと硬直する。

そ、そういえば、男苦手だったな。

しかし、アンナは決意を固めた様子でナーフィの体を引き剝がそうとその肩を摑む。

ナーフィは離れない。アンナが引っ張るとさらに抵抗するように俺の体にギュッとしがみついてくる。

「痛い痛い痛い……っ」

「す、すみません！　……な、ナーフィちゃん全然離れる気がしないです……！」

どうすればいいんだ。ナーフィを何度か起こすように声をかけていたのだが、全く起きる気配はない。

そんなこんなで話していると、隣のベッドからむくりとリアが起き上がった。

「んー……久しぶりに、よく寝たわね……って何やってんの？　ちょっとシドー様⁉　まさか、ナーフィに手を出したんじゃ────！」

「違う！　むしろ手を出されてるところだ！」

「ふ、二人がかりでシドー様を⁉」

「リアちゃん！　ふざけている場合じゃないです！　ナーフィちゃんがご主人様のベッドに間違えて入っちゃったみたいなんです！」

「全く離れる気配がないんだよ……助けてくれ！」

「ああ、なるほど。それなら、最初からそう言いなさいよね。勘違いするようなこと、言うんじゃないわよ」

言ってねぇよ！　ていうか、何を言ってもそっち方向に持っていくだろうが！

リアがこちらへとやってくると、収納魔法からハンバーガーを取り出し、ナーフィの眼前にかざした。

その瞬間だった。ナーフィがパチリと目をあけると、口を大きく開けた。

「ナーフィ、食べる前にシドー様から離れなさい」

「ん？」

ナーフィはちらとこちらを見てから、不思議そうに首を傾げてくる。

まるで「ベッドでも間違えたの？」とばかりの表情である。

お前じゃい！

「ここは俺のベッドだぞ？」

「ん」

俺が答えるとナーフィは納得したようで、ベッドから体を起こし、リアからハンバーガーを受け取るとすぐにパクりと食べた。

朝からハンバーガーを一口で食べるなんて……。

さすが、ナーフィだ。

ひとまず、無事解放された俺は朝食の準備を行う。

……さて、どうするか。昨日からずっとハンバーガーでの生活だった。さすがにジャンクフードばかりは良くないだろう。

それに、白米が食べたいので、白米のみの弁当でも召喚しようか。

あとは、サラダはもちろん、卵が食べたい。……生卵かけご飯食いたいなぁ。

決まりだな。俺は早速生卵のパックを召喚する。賞味期限を見た限り、生卵で問題なさそうだ。

せっかくだし、生卵用の醤油とかも召喚してみるか。

スーパーで見かけたことはあるが結構いいお値段だったはずだ。

今は召喚で手に入るし、お試しで召喚するには悪くないだろう。

……この力、日本に持ち帰ることができれば弟妹たちに好きなだけ好きなものを食わせてやれるよな。

まあ、この召喚が実物を召喚しているとなると窃盗になってしまうのでおいそれとは使えないが。

今は緊急事態だから多少は目を瞑《つぶ》ってもらおう。

白米のみの弁当を召喚した俺は、早速それに卵を割入れる。それから醤油《しょうゆ》をかけ、かき混ぜる。

「……た、卵を生で大丈夫なの……?」

心配そうにこちらを見てくるリア。

「こっちの世界の卵はダメかもしれないが、日本のものは大丈夫になっているんだ。リアたちも食べてみるか？　それとも、他のものがいいか？」

問いかけると、ナーフィが俺の生卵かけご飯をじっと見続けてくる。

取りあえず、食べやすいように召喚したスプーンで一口食べさせてみると、

「ん」

ナーフィはこちらが気に入ったようだ。すぐに要求してくる。

大きめのどんぶり皿を召喚し、いくつも召喚した白米の弁当をそちらに移していく。

最後に生卵を三つほどかけ、醤油を入れて完成だ。

スプーンと共にナーフィに渡すと、俺が食べていたように食べていく。スプーンなどの持ち方も、知らないだけで教えればすぐにできるようだ。

「……あたしも、そっち食べてみたいんだけど」

「……わ、私も。いいでしょうか？」

ナーフィの食べっぷりをみて、どうやら気になってきたようだ。

まあ、ジャンクフードばかりを食べるよりもこちらの方がいいだろう。

二人に白米を召喚してやり、それぞれで準備してもらっていく。

生卵をかけたところで、ぐるぐるとかき混ぜていく。

「……そういえば、卵とかってアレルギーもあるけど、大丈夫なのか？」

「好き嫌いはあるけど、亜人はなんでも食べられはするわよ？」

「そうか」

「最後にかけてる……ソースのようなものはなんなのよ？」

「醤油って言ってな……塩みたいに味をつけるための調味料なんだ。ちょっとずつかけてみて味を調節してみてくれ」

細かく説明してもいいが、リアたちには味つけのものくらいで説明しておいたほうが分かりやすいだろう。

リアたちは醤油を手に取り、少しずつかけていく。それから、渡していたスプーンでかき混ぜていく。

……俺は箸だが、彼女にはスプーンを渡しておいた。

箸を使えないだろうし、そもそも卵かけご飯は結構ドロッとするからスプーンの方が食べやすいだろうしな。

サラダ用にフォークも用意してあるので、問題はないだろう。

準備している頃には、ナーフィが二杯目を要求してくるので、俺が再び用意する。朝から凄まじい食欲だ。

全員の準備が終わったところで俺たちは両手を合わせる。

リアとアンナは目を閉じて何かに祈りを捧《ささ》げる。

「食事の時に祈りをしているのは、神様とかなのか？」

「精霊神様よ」

「精霊神？」

飛び出したワードはファンタジー感溢《あふ》れるものだ。

「あたしたちエルフ族は……普通は精霊の力を借りることができるのよ」

普通は、という言葉にアンナとナーフィが反応した。

……アンナは少し元気がなくなり、ナーフィは特に気にした様子はなく食事を続けている。

リアも、ちょっと元気がないのを見るに、何か昔にあったのかもしれない。

あまり深く突っ込んでも傷つけるだろう。話したければ本人たちが話してくるだろうし、無理に聞く必要はないだろう。

「だから、その精霊たちをまとめる精霊神様に祈りを捧げているのよ」

「……そうなんだな」

「もともと、あたしたちエルフは精霊神様の体の一部を切り分けて作ってもらった存在だと言われてるし、まあ感謝しなさいよって小さい頃から教えられてるわ」

……まさに神話の世界の話という感じだな。神話の神様の中には、自分の体の一部が新しい神様になった、とかいう話もあるよな。

恐らく、それと似たような感じなんだろう。

「いろいろとあるんだな」

「シドー様は、いつもいただきます、と言っています。それはどういった意味があるのよ？」

「そうだな……。食べ物……まあだいたいは命を奪って食事をするから、それに対しての感謝とか、一緒に食べる人や料理してくれた人への感謝とか……そういう意味だな」

いいこと、なのではあるがファンタジー的なことを期待されていると、少しインパクトには欠けるかもしれない。

「それは……いいわね。今こうして食事できてるのもシドー様のおかげだし、あたしたちもシドー様に対して、いただきます……って言ってもいいってことでしょ？」

「まあ、そうだな。あとは、この卵とか米とかを作ってくれた人とかだな。すべてのものに生命が宿っているって考える人もいるわけで、そういうものに対しての感謝だ」

「……なるほどね」

そんな話をしてから、俺たちは手を合わせて食事を始めた。

リアたちもいただきます、と言っていたのはご主人様の信仰に合わせてくれたのかもしれない。あるいは、彼女たちがそれに感銘を受けたのか。

どちらにせよ、取りあえず食べる。卵かけご飯をかき込むように口へ運ぶ。

「……うまい」

これぞまさにシンプルイズベストだ。

この醤油もうまいな。普通の醤油と少し違って、いろいろと中に入っているおかげか、うまみがましている。

さて、リアたちはというと……夢中で食べていた。

「リア、アンナ……醤油足りてるか？」

「……っ！　こ、これ美味しすぎるわ！」

「は、はい……こんな美味しいの初めて食べましたよ！」

クックックッ。

どうやら、順調に胃袋を掴むことには成功しているようだ。

卵かけご飯にはいろいろとトッピングをすることもあるのだが……今日はひとまず、これだけでいいか。

楽しみは今後にとっておいたほうがいいだろう。

味噌汁《みそしる》が飲みたくなったので、俺はインスタントの味噌汁とお湯を召喚することにする。

お湯といってもさすがにそのままお湯だけは無理だったが、お湯の入った水筒が召喚された。

……こんな使い方もできるんだな。電気はないが、お湯だけを入れるなら問題ない。

別の皿を用意し、インスタント味噌汁を入れていく。

「リアたちも飲むか？」

「飲むわ。なによそれ⁉　媚薬じゃないわね⁉」

もはや、中身を聞くことはなく、食べるの前提での返答だ。

ナーフィも片手を向けてきたので、速やかに用意していく。

「味噌汁だ。俺の故郷だとよく食べるものでな」

「……このペラペラの乾燥したものが？」

「ここにお湯を入れると味噌汁になるんだ」

言いながら、お湯を入れていくと、お湯の色が味噌汁の茶色へと変わっていき、リアたちは目を見開いている。

……本当に反応が可愛いな。全員分を用意してから、皿を彼女たちに向ける。

「熱いから気をつけてな。特にナーフィ、一気に飲むとやけどするから、ほんと気をつけて」

俺が言うと、ナーフィもちゃんと理解してくれているようで、ふーふーと息を吹きかけている。

リアとアンナは温度を確かめながら、口をつける。……あー、うまい。

やっぱり味噌汁はシンプルにワカメが合うよな。

ちらと視線を向けると、リアとアンナは美味しそうにしていた。

ナーフィは、舌を出して少し表情を険しくしている。

……どうやら、案外猫舌のようだ。今後、ラーメンとかでも召喚してあげようかと思っていたが、あまりにも熱いものには注意が必要だな。

「……美味しいわね、これ」

「はい……白米ととても合いそうです」

「それは良かった。いくらでも召喚できるから、好きなだけ食ってくれ」

「……」

そういうと、三人は顔を見合わせてからバクバクと食べていく。

……昨日に比べ、三人とも遠慮がなくなったな。

クックックッ。ここまで食事を自由にできる環境はそうはないだろう。

これからも、彼女らが俺のもとで経験値を稼いでくれることを願うばかりだ。

歯磨きをしたあと、俺たちはギルドへと向かおうと思ったのだが、まだ一度も行っていなかったので、場所を知らなかった。

「そういえば、リアたちは冒険者登録してるのか？」

「一応、してるわよ」

「……そうなんだな。この街のギルドの場所は知ってるのか？」

「ちょっと、それも知らなかったの？」

少し呆《あき》れた様子の問いかけに、俺は苦笑を返すしかない。

リアがそういう反応をしてしまうのも無理はないだろう。

俺は現在冒険者のような活動をしているのに、ギルドを知らないというのは間抜けな話だからだ。

「まあな……。そういうわけで、教えてもらってもいいか？」

といっても、知っている人に教えてもらえればいい。

まあ、愛想尽かされない程度に知識を蓄える必要はあると思うが。

そんなことをぼんやりと考えながら歩いていくと、ギルドに着いた。

建物は非常に大きく、ギルドを示す看板のようなものもある。

「おお、ここがギルドか……大きいな」

「まあ、この街のギルドは結構大きい方ね。取りあえず、中に入りましょうか」

そうなると、ギルドで扱うことも多いんだろう。迷宮の攻略をする冒険者が増えれば、それに対応するための職員も増やす必要がある。

規模が大きくなればさらに冒険者が集まり……以下無限ループ。

その好循環に乗ったのがこのギルドなんだろう。

中へと入った俺たちは、受付へと向かう。

現在受付待ちの人が数人並んでいるため、俺たちもその列の最後尾についた。

全員で並ぶと邪魔になるということで、俺とリアの二人だ。

アンナにはナーフィの面倒を見てもらっている。

「取りあえず、俺の冒険者登録をして、それから近隣の迷宮の情報を知りたいんだけど、ここで聞けばいいのか？」

「ええ、そうよ」

リアが俺についているのは、分からないことがあった時に確認するためだ。

俺たちの順番になったところで、ギルド職員がすっと頭を下げてきた。

「おはようございます。本日はどのようなご用でしょうか？」

「俺の冒険者登録を行いたい。それと、この街の近隣にある迷宮を知りたいんだが」

「分かりました。それでは、こちらの用紙に記入をお願いします。あっ、文字は書けますか？」

……いや、たぶん書けないだろう。

異世界召喚された特典なのか、文字の読みに関しては問題なかったが、さすがに日本語を書いてそのままは通じないだろう。

「あたしが代筆するわよ」

「……それじゃあ、任せた」

リアが冒険者登録に必要な情報を書いていく。といっても、俺の名前や冒険者登録をしたことがあるかどうかなど、それほど必要な情報はなかった。

書き終えたところで、すぐに冒険者カードは手渡された。

渡された冒険者カードを収納魔法にしまっていると、ギルド職員に問いかけられる。

「こちらで登録は完了になります。それで、近隣の迷宮ですね。難易度はどのくらいにしましょうか？」

「……リア、どのくらいの難易度がいいと思う？」

「そうね……。取りあえずEランク迷宮に行ってみましょう」

Eランクか。冒険者にはGからSまでのランクがあるそうだ。

今回挑戦しようとしているのはEランク。最低ランクから二つ上のランクになるわけだが、リアは大丈夫だと判断しているんだよな。

四人で戦闘するということを考えた上での判断なのだろう。

……まあ、俺が決めるよりはリアの方が判断できるはずだ。

「かしこまりました。それでは、街の東門から出てすぐのところにあるウッドン迷宮と、その先にあるヌラヌラ迷宮の二カ所がいいかと思います。二カ所とも門を出れば見える位置にありますので迷うことはないと思います」

東門ね。それだけ聞ければ十分だ、と思っているとリアがさらに質問する。

「出現する魔物はどんなものなの？　あたしたち、剣で戦うことしかできないから、あまり硬い敵や物理攻撃に耐性のある魔物が出る迷宮は避けたいんだけど……」

な、なるほど。確かにそうだ。

ハンドガンが通用する程度の魔物であれば良いのだが、それが分からない。

冒険者ならば苦手な相手でも倒せるようにした方がいいのかもしれないが、それはあくまで遭遇した場合などだろう。

今回のようにレベル上げの段階で苦手な魔物を選ぶ必要はない。

リアがついてきてくれて良かったな。

「そうですね。それでしたら、ウッドン迷宮がよろしいかと。スモールウッドマンという、木の魔物が出現しますが、剣であれば問題なく戦えると思います。ヌラヌラ迷宮は、スライム系の魔物が多いので核を破壊するためにも、魔法がないと大変ですね」

スライムか。核を破壊すれば倒せるのか。

ハンドガンがどの程度通用するのかの指標として戦ってみるのはありかもしれないが、まあひとまずはウッドン迷宮に行けばいいか。

「分かったわ。ありがとね」

リアが頭を下げ、俺も同じように礼をした。

待ってくれていたアンナとナーフィとともに、ギルドを出る。

途中、解体などを受け持っている受付も見えたが、それはまた後でいいか。

くるりと振り返ったリアが、アンナたちに声をかける。

「というわけで、あたしたちはEランク迷宮に挑戦することになったわ」

「え？　Eランク迷宮ですか……？　いきなりで、大丈夫ですかね……？」

アンナは不安そうにしていた。俺としても、アンナと同じような気持ちもあったのだが、リアは首を縦に振った。

「大丈夫だと思うわよ。ていうか、あたしたちの場合ハンドガンが通用するランクの魔物までなら、問題なく戦えると思うわ。あたし的には、Eランクの魔物くらいまでならどうにかなると思ったのよ」

リアも何も考えずにEランク迷宮に挑戦しようとしているわけではないだろう。

彼女の意見に俺もアンナも納得だ。

ナーフィは、特にどこでも気にはしないようだ。

俺たちはウッドン迷宮へ向かうため、東門へと向かう。東門を出てすぐのところに、小山のようなものが見えた。

「あれが、迷宮か？」

「ええ、そうよ」

一番近くに一つ、さらに奥にもう一つある。簡素な作りの看板も置かれており、手前側がウッドン迷宮で間違いないようだ。

門の外に出たところで、武器の確認をしておく。全員、ちゃんとハンドガンにマガジンが入っているのを確認してから、アイテムボックスに戻した。

「迷宮っていうのはどんな感じなんだ？」

「どんな感じって……何が聞きたいの？」

「中の雰囲気とか……あとは、ここの階段を下りていくんだよな？」

小山のような入り口から、地下へと階段が繋《つな》がっている。

「……実を言うと、迷宮に関しては分かっていないことが多いのよ。迷宮は地下へと伸びてるけど、例えばこの入り口の下を掘っても何もないのよ」

「つまり、異空間に繋がっているってことか」

「そうね。内部はその迷宮によってさまざまだけど、基本的には大きな空間が広がってるのよ。魔物たちは迷宮の地面や壁から出てきて、中に入った人を追い返すように攻撃してくるわ。だから、迷宮自体が生き物で、邪魔者を排除しようとしているのではないかとは言われてるわね」

「……なるほどな」

「でもまあ、結局のところそれらも全部研究者の推測でしかないのよ。迷宮を作った張本人を呼び出して聞かない限り、真実は分からないわね」

謎《なぞ》は多いが、経験値や素材が手に入るし、冒険者としては行かない手はない、という感じなんだろうな。

それに、異空間ということはもしかしたら元の世界に戻るためのきっかけが見つかるかもしれない。

準備を終えた俺たちは、迷宮の入り口から見える階段をゆっくりと下りていった。

ウッドン迷宮へと下りた俺たちは第一階層へと着いた。

平原のような空間に、ところどころ森や大きな岩などがある。

広々とした空間は遠くまで見通せるが、それはつまり敵からしてもそうだということだよな。

「思ったよりも、戦いやすそうな迷宮ですね……」

ほっと息を吐いたアンナに問いかける。

「もっと面倒な迷宮もあるのか？」

「は、はい。遺跡みたいな迷宮もあれば、すべてのエリアが海の迷宮などもあるようです」

「……海、それは面倒そうだな」

「はい。人は浮きませんからね」

「……いや、浮きはするだろ？」

「……」

アンナは笑顔を浮かべ、誤魔化《ごまか》している。どうやら、アンナはカナヅチのようだ。

「木の多い場所とか、岩の付近だと視界が悪そうだな」

「……木の中から奇襲される可能性もありますので、油断はしないほうがいいと思います」

「……冒険者の姿はないけど、不人気の迷宮なんかね？」

「ど、どうでしょうか……？　もしかしたら、別の階層にいるのかもしれませんね」

「迷宮っていくつか階層があるのか？」

「あります。Ｇランク迷宮は一階層とボス階層がありますね」

「……ボス階層は別で数えるんだな」

「はい。それからは、ランクが上がるごとに階層が一つずつ増えます」

「ということは、Eランク迷宮は三階層まであるのか。魔物の強さは奥の階層の方がやっぱ強いのか」

一階層と三階層で出現する魔物に違いがあるのなら、一階層にいたほうがいいだろう。

「多くの場合がそうですね。出現する魔物は一緒ですが、魔物のレベルが高いので同じように戦うと危険ではありますよ」

「……なるほどな。それじゃあ、取りあえずは一階層で戦闘でもしていくか」

「はい」

アンナも、迷宮に関しての知識はそれなりに持っているようだ。

……まあ、リアもアンナも恐らくだが冒険者として活動するようなことも考えていたはずだ。その時にでも調べたんじゃないだろうか。

目標が決まったので、俺たちはハンドガンをすぐに使えるようにしながら周囲を窺う。

しばらく歩いていると、俺たちの進行方向に霧のようなものが現れる。

それが集まっていくと、魔物の姿へと変化した。

数は一体。こちらをじっと見てくるのは木の魔物だ。

人の形をした細い木だ。人間でいう腕の部分をにゅるにゅると鞭《むち》のようにしならせている。

「……こいつが、迷宮の魔物か」

「スモールウッドマンよ。腕を鞭のように使ってくるからあんまり近づかない方がいいわよ」

「分かった」

「ガアア！」

スモールウッドマンが叫ぶと、こちらに腕が伸びてくる。

その攻撃を横に跳んでかわす。……初めて、攻撃されたかもしれない。

分かっていたからかわせたが、何も知らなかったら直撃していたかもしれないぞ。

おっと、驚いてばかりではだめだ。

コマンドバトルではないが、攻撃されたのだから反撃しないとな。

ハンドガンを構えようとしたとき、銃声が響いた。

あれ？　俺まだ撃ってないけど？

視線を向けると、ナーフィがすでに発砲していた。

……うーん、鮮やか。

スモールウッドマンは全部で五発の銃弾をその身に受けると、その体が霧のように消えていった。

死んだ、ってことでいいのだろうか？

見れば、魔石が一つ残っていたので……仕留めたということで良さそうだ。

「ん」

ナーフィは魔石を回収し、こちらへ差し出してきた。

収納魔法は繋がっているので自分でしまってくれればいいのだが、なんだか褒めてほしそうだ。

「ありがとな、ナーフィ。ナイス」

ぐっと親指を立てると、ナーフィはどこか満足げにしていた。

ハンドガンを構えていたリアとアンナも安堵《あんど》している。

……リアは通用するとは考えていたようだが、実際のところやってみないと分からなかった部分があるだろう。

「ハンドガンは問題なく通用するみたいね」

「ゴブリンよりは硬そうでしたけど、問題なさそうですね。やっぱり、ご主人様の武器、すごいです」

リアとアンナはハンドガンを確認していた。

……ただ、ハンドガンではEランクくらいが限界か。

もっと威力を上げるか、あるいは連射力のある武器に切り替えないとここから先のランクはキツくなってくるかもしれない。

ショットガンやアサルトライフル、あるいはスナイパーライフルとかだろうか？

他にも、いろいろと思いつくものはあるが……ま、まあまだ無理に召喚しなくてもいいよな。高値のものを召喚するには、かなり疲れるからな……。

もっとレベルを上げてからでもいいだろう。

それにしても、やはりナーフィの戦闘能力は高いな。

彼女はどこか嬉しそうにハンドガンを構えながら、先陣きって歩いていく。

俺がレベルアップしているように、三人もレベルアップしているとはいえ、元々の戦闘のセンスが違うよな。

俺も、負けないように頑張らなければ。

魔物を探して歩いていると、野生のスモールウッドマンを発見した。数は三体か。

「今度のは、最初から出現してるんだな」

「魔物は一定時間が経過すると生み出されるのよ。冒険者の近くだったり、あるいは全然別の場所だったりね。こいつらはたぶん全然別の場所で出てきて、徘徊《はいかい》してたのよ」

「魔物が出現しまくったら、溢れたりしないのか？」

「通常は、溢れることはないわね。ただ、迷宮が暴走状態になっちゃったりすると、魔物の出現数に限界がなくなり、魔物が大量に生み出され、外に出てくるってことはあるわよ。そういう時は、街の人たち全員で暴走が治るまで魔物を倒し続ける必要があるわ」

「……なるほどな」

「取りあえず、三体いるし、一人一体ずつでいいわよね？」

「わ、分かりました」

「ん」

あの、俺の分は？

問いかける前に、三人がハンドガンを構えて放っていく。

リアがスモールウッドマンに狙いをつける。向こうに気付かれる前に、射撃を開始する。

ヒットした。一発くらうとかなりよろめいていたのだが、すぐに体勢を立て直そうとする。

ゴブリンと比較すると明らかに耐久力が違う。まあ、ゴブリンなんておそらくGランク程度の魔物だもんな。

リアがさらに引き金を引き、スモールウッドマンに弾丸を叩《たた》き込《こ》む。

……リアも、初めは精度がそこまで高くなかったが、今ではかなりなれている。

全弾命中でスモールウッドマンを仕留めた。

すでに仕留め終えたナーフィはふふんと得意げに魔石を回収し、持ってくる。

アンナも安堵《あんど》した様子で息を吐きつつも、すでに倒し終えていた。

「三人とも……凄いな。俺の出番が……ない」

「まあ、いいじゃない。シドー様の武器のおかげなんだし、実際のところはあんたの出番ばっかりみたいなものじゃない？」

……ま、まあそうかもしれないな。

とはいえ、このハンドガンを作ったのが俺ならともかく、俺は誰かが作ってくれたものを召喚しているだけだからな。

……俺、なんか中抜き業者みたいじゃないか？

あまり深くは考えないでおこう。

「全然、大丈夫でしたね……」

「まあ、このくらいの相手ならなんとかなるわね」

「ん」

三人はとても頼りになるな。

戦闘の基本は三人に任せて、俺は魔石回収係にでもなっていようか。

ナーフィが拾っていた魔石を受け取りつつ、リアに問いかける。

「魔石ってどのくらいの金になるんだ？」

「このランクの魔石だと、銅貨数枚くらいになると思うわよ。魔石ごとに内部の魔力量が変わるから、なんとも言えないけどね」

「まあ、生活費を稼げるくらいって感じか？」

「そうね。ただ、このペースで魔物を狩れるなら、収支はプラスになると思うわよ」

確かにそうだな。銅貨百枚で銀貨一枚だ。そして、昨日借りた宿は銀貨一枚だ。どんなにのんびりやっても半日もあればそんくらいは余裕で稼げるだろう。

「お金の問題は大丈夫そうだな」

普通の人なら、他にも細々《こまごま》とお金はかかると思うが俺たちはひとまず宿代させ稼げれば大丈夫だ。

「まあ、もしもお金足りないっていうなら、ギルドには依頼もあるから、そこら辺を受ければいいと思うわよ」

「……なるほどな」

「あっ、こちらの薬草とかも、採取しておけば換金できますから、採取していきましょう」

そういってアンナが薬草を摘《つ》んでいく。

「薬草か……迷宮のものとかも回収できるのか？」

「素材として回収できるものとできないものがあります。例えば、こちらの木などは取ろうとしても消滅してしまいます」

「……なるほどな」

「薬草は……大丈夫そうです。どうぞ」

「ありがとな。アンナもいろいろ詳しくて凄いな」

「……えへへ、ありがとうございます。昔、家族たちにいろいろと教えてもらっていたんです」

ちょっと、元気なく笑う。……やばい、地雷の傍《そば》を通過してしまったようだ。

あまりこのことを深く触れることはしないでおこう。

薬草が採取できるかどうかは、ゲームの採取ポイント、みたいなものなのかもしれない。

アンナに薬草とそうではない雑草の違いを教えてもらいつつ、魔物を倒して進んでいく。

「一階層は問題ないな。二階層に行ってみるか」

「ん」

ナーフィがこくこくと頷いている。戦闘に関しては、ナーフィが問題なければ問題ないだろうとは思う。

リアも、同じ意見のようで首を縦に振っている。

「そうね。ここまで問題なく通用するなら、Dランク迷宮でも良かったかもしれないわね」

「まあでも、無理して怪我したら意味ないからな。リアはEランク迷宮がちょうどいいと思ったんだろう？」

「そうよ。でも……あたしたちやっぱり、体のキレがかなりいいのよ」

「やっぱり、俺の食事の効果なのか？」

「たぶん、そうだと思うわ。あたしたちにとっては、支援魔法と同じくらいの効果があるんだと思うわ」

なるほどな。

確かに、ゲームによっては食事効果でステータスに補正などが入るし、何かしらあるんだろう。

こうなると、俺はますます後方支援がメインになりそうだな。

「……リアちゃん。レベルアップのペースも速くないですか？」

「……そうなのよね。これは勇者としての力なのか、食事の影響なのか……ちょっと判断つかないわね」

リアとアンナの言葉に、首を捻《ひね》る。

勇者として異世界に召喚されたときにそんなことは特に話していなかったと思う。

「……もしかしたら、食事によって経験値増加みたいな効果もあるのかもしれないな」

仮に、俺に効果がなくても、リアたちの経験値が増えれば間接的に俺がもらえる経験値も増えるので、悪くはないだろう。

「まあでも、悪いことは別にないし。全部ラッキーくらいに思っておくのがちょうどいいわよね」

「……そうだな」

それを前提として立ち回るのはもしも効果がなくなった時に危険なので、このくらいがちょうどいいだろう。

俺たちはさらに魔物を狩りつつ、レベルを上げていく。

……俺のレベルは14まであがり、三人のレベルも平均12くらいまであがったそうだ。

ナーフィだけ、もともと結構戦っていたことがあるらしく、レベルが少し高い。

二階層でしばらく戦闘していたのだが、ナーフィが食事を要求してきたので、一度休憩を挟むことにする。

一階層と二階層をつなぐ階段へと、移動する。

ここは魔物が、基本的には侵入できない場所らしいので、休憩を取るときはここがいいらしい。

まだ、昼食にするには少し早い時間なので……今日はおやつでも用意しようか。

「この後、ちゃんとしたお昼は食べるし、ひとまずはおやつでも用意するか」

「……おやつ⁉　え、えとそれってお菓子とかよね⁉」

目の色を変えたのはリアだ。アンナとナーフィはお菓子を知らないのか、首を傾げている。

「ああ。いろいろあるがどうする？　クッキーとかチョコとか団子とか……」

ぱっと思いつくものを口にしていく。

あとはコンビニスイーツとかが、俺にとっては身近なものだ。

取りあえず、チョコでも召喚してみるか。

飴玉のような丸い形をしている個包装のチョコレートを取り出す。

それをリアたちに渡すと、彼女は両手の上に載せながらじっと顔を寄せる。

ナーフィがそのまま食べようとしたので、その手首を摑んで止める。

「これも、ハンバーガーと同じで周りの包装を剝がしてから食べるんだ。剝がしたゴミはいつものように収納魔法に入れておいてくれ」

俺がそう伝えると、ナーフィはすぐに包装を剝がし、口へと運ぶ。

そして、目を大きく見開き、いつも以上に激しく俺の方に手を差し出してくる。

「んっ、んっ！」

「分かった、分かった。ほら、いっぱい食べろ」

……どうやら甘いものはかなりの好物のようだな。

リアとアンナはナーフィが美味しそうに食べているのを見ていたが、しばらくリアは匂いを嗅いでいた。

「こ、これ何か甘い匂いするけど……なに？」

包装されたチョコレートに鼻を近づけ、匂いを嗅いでいるリア。

「チョコレートって分かるか？」

「ええ。こちらの世界にもあるわよ。あまり美味しくないし飲み物よね？」

美味しくない？　どういうことだろう？

飲み物って……確かに地球でも昔は薬のように飲まれていた時期もあったと聞いたことがあるが、こちらの世界でもそうなのだろうか？

確かに、それを基準とするとチョコレートと聞いたら首を傾げるかもしれない。

「まあ、うまいから食べてみるといい。合わなかったら……まあ、ごめん」

「……ええ、そうね」

俺も同じように一つとりだし、口に運ぶ。

ミルクチョコレートだったので、口いっぱいに甘さが広がる。

体を動かしていたこともあってか、それをとても美味しく感じる。

リアたちも甘い匂いに期待感が高まったのか、袋を開けて同じように口へ運んだ。

そして、目を何度もぱちくりとして頬に手を当てる。

「……っ！　……っ！」

……めちゃくちゃ、美味しかったのかもしれない。

リアもアンナも同じように声にならない叫びをあげている。

もしかしたら過去一番の反応かもしれない。

「これ……とても甘くてほっぺたが落ちそうです！」

アンナが興奮した様子で叫んだ。

……ここまで彼女が感情を爆発《ばくはつ》させたのは初めてだろう。

「……そうか。いろいろな味があるけど、食べてみるか？」

「は、はい……！」

それから、リアたちにチョコレートを渡していく。ピーナッツチョコ、ホワイトチョコ、ビターチョコなどなど。

「どれが一番美味しかった？」

「どれも美味しかったわ……！」

「……はいっ」

「んっ」

……ですよね。ずっと同じようにその場で飛び跳ねるような反応をしていたんだし。

「……おやつ、というのはまだまだあるの？」

「ああ。そうだな。今後も頑張ってくれればいくらでも用意するからな」

「「「……」」」

三人は、それはもうやる気に満ちた顔になっていた。

……餌付け、成功だな。

「取りあえず、ちゃんとしたお昼もあるし食べ過ぎは良くないからな。そろそろ、レベル上げ再開でいいか？」

「ええ、そうね。さっきの食事でまた体も軽くなってきたし、バンバン狩るわよ」

……うん。これはまた俺の出番はなさそうだな。

取りあえず、奴隷とご主人様の関係としては……今のところ順調にいっていると考えてもいいだろう。

休憩や移動の間に、迷宮の基本的な知識をリアに教えてもらう。

迷宮は、ボス階層を突破した先にある魔石を破壊しない限り、消滅しないらしい。

ボス階層の魔物も復活するらしいので、自由に討伐しても良いそうだ。

なので、そこを目指して俺たちは進行中だ。

現在三階層で戦っているのだが、スモールウッドマンにハンドガンは問題なくダメージを与えられる。

ただ、弾七発必要なので、そこはちょっとネックだ。ハンドガンのみだと、余裕を持って戦えるのはEランクくらいなのかもしれない。

……俺はハンドガンをいつでも使えるように準備していたが、今のところは出番がない。

スモールウッドマンたちは五体とか大所帯になってきて、俺の出番か？　と思っているのだが、三人がリロード含めてスムーズに討伐していくのだ。

なので俺は、移動しながら基本的には考え事だ。

今は、この迷宮についてばかりを考えている。

迷宮というのは、一体どこの世界にあるんだろうな。

俺のアイテムボックスもそうだが、この世界とはまた別の空間がどこかにある、ということなんだろうか？

近いようで案外遠いのだろうか。

俺が知らなかっただけで、さまざまな世界が広がっているのかもしれない。

……そこから何か日本に戻る手がかりもあるかもしれないので考えてみたが、まあ何の知識もないわけで考えることしかできない。

結局のところ、俺の召喚魔法が一番地球に近いんだと思う。

もっと、鍛えていかないとな。

移動中も、魔力の使い道が召喚魔法くらいしかないので、大量の食品をアイテムボックス内に召喚しまくっている。

そろそろ、結構大物も召喚できるのではないか、という気持ちもある。

「さっきの戦闘でナーフィちょっと前に出過ぎじゃない？」

「ん？」

「攻撃掠《かす》りそうになってたでしょ？　もうちょっと距離空けなさいって。怪我とかしたら大変なんだから」

「そうですよ。ナーフィちゃんがうちで一番強いんですから。何かあったら大変ですよ」

「ん」

ナーフィはこくりと頷いている。

……確かに、ナーフィはあんまり恐怖心とかがないのか、魔物相手に近接で突っ込む場面が多い。

ハンドガンの射程を生かしつつ、ハンドガンの威力を上げるためなのか、距離を詰めて乱射することが多く、見ていてちょっと不安になるときはある。

「まあ、ナーフィは当たらないようにしているんだと思うけど、怪我しないように、むちゃな攻撃はしなくていいからな？」

「ん」

同じ立場のリアたちに言われるよりは、一応ご主人様の俺から改めて言っておいた方がいいだろう。

ナーフィは素直だから、今の言葉で分かるだろう。

「取りあえず、戦闘自体は順調ね」

「ユニークモンスターなどもいませんでしたしね……Eランク迷宮でここまで戦えるって夢みたいです」

嬉しそうに話しているリアとアンナ。

せっかくのところ申し訳ないが、俺は二人に問いかける。

「ユニークモンスターって……なんだ？」

一応、ゲームなどで聞いたことはあったが、俺の知っているものとは違う可能性もあるので確認だ。

「迷宮に稀《まれ》に出現する魔物よ。本来の魔物よりも数段強かったり、強くないけど珍しいアイテムをドロップするとかまあレアな魔物よ」

闇医者ならぬ闇ヒーラーの
異世界最強ファンタジーがついにアニメ化!!

4月3日(木)より放送・配信開始!!

冒険者パーティから役立たずと言われ、追放された治癒師の青年ゼノス 。

貧民の生まれで、自己流の治癒魔法を使うゼノスは治癒師のライセンスも持たない。

行く先をなくしたゼノスは瀕死のエルフの少女リリと出会い……

貧民街の外れに開業した治療院を舞台に、無免許天才治癒師による無自覚最強ファンタジーが始まる。

CAST

ゼノス…坂田将吾　リリ…花井美春　カーミラ…日笠陽子
ゾフィア…永瀬アンナ　リンガ…陽高真白　レーヴェ…菊池紗矢香
クリシュナ…中島由貴　ゾンデ…八代拓　アストン…水中雅章

STAFF

原作：菱川さかく（GAノベル／SBクリエイティブ刊）
キャラクター原案：だぶ竜　監督：吉崎譲
副監督：Parkji-seung　シリーズ構成・脚本：宮城大翔
キャラクターデザイナー：電風扇・澤田慶宏
美術監督：合六弘　色彩設計：河田萌　撮影監督：棚田耕平
編集：新沼奈美　音響監督：森下広人　音楽：富貴晴美
OPテーマ：bokula.「ライトメイカー」（TOY'S FACTORY）
アニメーション制作：マカリア　製作：闇ヒーラー製作委員会

限定ボイス付きビジュアルも公開中!

公式X・公式サイトの情報もお見逃しなく!

アニメ公式X――@yamihealer
アニメ公式サイト――https://sh-anime.shochiku.co.jp/yamihealer

この闇医者《ヒーラー》、規格外につき
一瞬で治療していたのに役立たずと追放された天才治癒師、
闇ヒーラーとして楽しく生きる
4月3日(木)放送開始
TOKYO MX・BS11 23時30分～ サンテレビ・KBS京都 24時00分～
※放送局・放送スケジュールは変更になる可能性がございます。
【地上波同時・先行配信】 ABEMA・dアニメストア 4月3日より毎週木曜日23時30分～
その他、各配信サイトにて順次配信開始
©菱川さかく・SB クリエイティブ／闇ヒーラー製作委員会

「……そうなんだな。万が一遭遇してたらまずかったか？」

「まあ、全員で撃ち続ければなんとかなると思うわよ。結局のところ、あたしたちが勝てるかどうかってハンドガンでダメージが通るかどうかの問題だしね」

だよな。俺たちの武器であるハンドガンが効く相手なら倒せる。効かない相手なら倒せない、だ。

そんなことを話していると、またスモールウッドマンが現れた。

敵の攻撃が当たらないよう、距離を置きつつ、弾丸を放っていけば、終了……。

俺のやることが本当にないな。

それでもレベルアップはしていくわけで、どんどん体は動くようになってきている。

戦闘への適応が早いのは、召喚された影響なのだろうか？　はたまた、俺に戦闘への才能があったのか……。まあ間違いなく前者だろうな。

「ご主人様、あちらボス階層に繋がる階段が見えてきましたよ」

アンナが指さした方向には、ボス階層に繋がる階段が見えた。

Eランク迷宮は全部で三階層までなので、次がボス階層だ。

「ボスモンスターはやっぱりかなり強いのか？」

「つ、強いです。ただ、攻撃を回避して、ハンドガンが撃ち込めるかどうかというのは変わらないと思います」

アンナもだいぶ自信がついてきたようだ。さて、どうしようか。

「……もしも、ボス階層に入ったら戻ってこられないとかはあるのか？」

「いえ、引き返せますよ。ボスからうまく逃げられれば、ですけど……さ、最悪の場合は私たちが時間を稼げばいいと思います」

「……いや、皆に何かあったら困るって。大切な仲間なんだし……危なかったら、皆でうまく逃げるぞ。他の階層みたいに、階段まで引き返せば大丈夫なんだよな？」

「は、はいっ」

「それなら、様子を見ながら戦ってみようか」

むちゃをする必要は別にない。

俺にとって、強くなることに時間制限などはないからだ。

あくまで俺は、俺のペースで強くなればいいわけで、安全第一でやっていけばいい。

波瀾《はらん》万丈は必要ない。のんびり、確実に、堅実に今の生活を豊かにすればいい。

第一、せっかくここまで話せる相手ができたのに、それを失うようなことはしたくなかった。

クラスメートたちと離れた今、俺の情報を共有できる話し相手は大切だ。

三階層を無事突破した俺たちは、階段を進みながら食事をする。

今日のお昼はハンバーガーだ。俺はそれを口にしながら、アイテムボックスから魔力回復薬の準備をする。

俺の準備にすぐに気付いたのはナーフィだ。

「ん？」

こてんと首を傾げてくる。

俺が何をするのか気になったようだ。

「念のため、もう少し強い武器でも召喚しておこうと思ってな」

「ん」

気になるようで、ビッグマッグを食べながらナーフィが近づいてくる。

……今の魔力で足りればいいんだけどな。

俺は自分の魔力を使用し、召喚魔法を発動する。

しかし、召喚しきれない。

やはり足りないか。魔力回復薬を使い、さらに魔力を回復する。

……気持ち悪い。全身を無理やり揺さぶられているような感覚に襲われ、食べたものを吐き出したくなる。

食事をする前にすれば良かった……。

だがその気持ち悪さを何とか耐え切ると、無事俺の片手には新しい武器が召喚された。

「……ハンドガンよりも大きいですね」

こちらを見ていたアンナが問いかけてくる。リアもまた、興味深そうな表情をしている。

「ショットガンだ。ハンドガンで倒しきれなかったときは、こいつを使おうと思ってな」

「前より大きいわね……威力もあるのよね？」

「ハンドガンに比べると射程は落ちると思うけど、その分当てた時の威力はかなりのもんだと思う」

俺はそれを握ると、なんとなく使い方が分かってくる。

ＥＳＰのゲームで見たものと同じだ。ポンプアクション式のショットガンであり、弾を装填《そうてん》する必要があるようだ。

握ってみると使い方が分かるのは、俺が召喚主だからなんだろうなやっぱり。

召喚魔法に、召喚以外の効果があるのは確定だな。

俺は銃弾を手に取り、同じものを召喚し、装填していく。

全部で四発か。先に弾を装填しておけば、プラス一発の合計五発。

ハンドガンに比べれば量は少ないが……まあ、威力はそれ以上にあるはずだ。

あとは実戦で試せばいいだろう。アイテムボックスにしまってから、ハンバーガーを食べドリンクを飲む。

「マッグシェイク……美味しいです」

「あたしは、このコーラってやつ結構気に入ったわ」

「……ん」

ナーフィは炭酸飲料が苦手なようで、チビチビと飲んでいる。シュワシュワが苦手ではあるようだが、味自体は気に入ったようだ。

しばらく食事をしていくと、三人とも満足してくれた。

食後の軽い休憩も行ったところで、問いかける。

「そろそろ、大丈夫か？」

「ええ。もうあたしたちは大丈夫よ。能力もかなり強化されたみたいだし、これなら問題ないと思うわ」

「そうか、期待してるぞ」

俺の言葉に、三人ともが頷いてくれたので、俺たちは階段を下りて、ボス階層へと降りる。

ボス階層は、それまでの階層に比べるとかなり狭く、木々や岩なども存在しない。

見晴らしのよい草原が広がっており、邪魔するものは何もなく、逆に地形を利用して戦うということもできなさそうだった。

コロシアム、というのが表現としてぴたりとハマりそうだ。

リアたちとともに進んでいったときだった。

それまで以上の霧が集まっていき、魔物へと姿を変化させた。

スモールウッドマンに、似ている。ただ、サイズは人間の大人を一回り大きくしたようなものだ。

「ビッグウッドマンか？」

「ウッドマンですね」

そうなのか？　アンナの指摘に俺は問いかける。

「……ビッグウッドマンじゃないのか？」

「ビッグウッドマンはさらに大きいです。この倍くらいありますよ」

「そうなんだな。アンナは詳しいな」

アンナが両手を大きく広げる。可愛らしい姿だ。

「しゃあああ！」

ウッドマンがこちらに気付き、咆哮《ほうこう》を上げると腕のような形をした枝が伸びてきた。

射程が、長い。

スモールウッドマンの時よりも、より距離をおいて戦った方がいいな。

俺が後退して攻撃をかわすと、ナーフィが踏み込み、前にでる。

……あれはむちゃな攻撃ではない。射程のことを考えて、距離を詰めたんだろう。

確かに、ウッドマンもかなり枝が伸びるようなので、安全域から攻撃を続けるというのは難しいだろう。

そうなると、誰かしらがウッドマンの攻撃を引き付け、それを援護する方がいいはずだ。

「ナーフィは、敵を引き付けるのと回避に専念してくれ。リア、アンナはナーフィの援護を頼む」

「分かったわ！」

「はい！」

作戦はこれでいいだろう。俺もハンドガンを構え、放つ。

……ダメージは通る。だが、破壊した腕はすぐに再生するようだ。

なかなか、厄介だな。

距離をとりながら、ハンドガンを放つが、攻撃を続けすぎるとこちらにも注意が向いてしまう。

……それをナーフィが連射で対応してくれる。

あまり、攻撃しすぎたらダメだな。

ナーフィの射線に入らないよう、また俺も射線に入れないような位置を維持しながら、ハンドガンを放つのだが……なかなか削りきれない。

ウッドマンの皮膚……樹皮が鎧《よろい》のようになっていてハンドガンが通らない。

正確には、同じ場所に撃ち込めばダメージはあるようで怯《ひる》むのだが、スモールウッドマンの時のように適当に撃っていて倒せる魔物ではないようだ。

いろいろ検証しながら撃っていたら、ターゲットが俺へと移ってしまったようで枝が伸びてくる。

跳んで、かわす。地面を抉《えぐ》るような一撃に、さすがに頬が引き攣《つ》る。

とはいえ、俺もかなり動けるようになっているわけで、攻撃が当たるようなことはない。

リアたちも、今のところ問題はなさそうだしな。

これがレベルアップの恩恵か。

今は、ウッドマンに集中しないとな。

リアとアンナも攻撃を仕掛けていくと、注意は分散されていく。

最終的には、ナーフィが連射で注意を引き戻してくれ、攻撃を華麗にかわす。

ナーフィが、頭ひとつ抜けているのは知っていたが、頭ひとつどころじゃないな。

ナーフィの正確無比な射撃に、ウッドマンが怯みながら彼女を睨んでいる。

苛立《いらだ》ってるな。

あっちを攻撃すれば、こっちが。こっちを攻撃すればあっちが……そんな感じでウッドマンは大層苛立っていることだろう。

ハンドガンでも時間をかければ倒せると思うが、一気に攻めるか。

ハンドガンでちまちま削るのは終了。俺はハンドガンをしまいながら、ショットガンを取り出す。

すでにいつでも放てるように準備はできている。

「ナーフィ！　俺が近づいてぶっ放すから、攻撃を引きつけてくれ！」

「ん」

……ナーフィにショットガンを使ってもらうことも考えたが、い、一応俺がご主人様だからな。

ボスのファーストキルは、俺がとっておきたい。

やはり、ご主人様として威厳があるところも見せないとだしな。

俺がそう言うと、ナーフィはウッドマンの頭……アフロのようになっている葉の部分を狙って弾丸を放つ。

だが攻撃はかわされる。ハンドガン見切ってかわすって、やっぱ異世界の魔物は化け物だわ。

「キシャアア！」

だが、顔を攻撃したことでさらにナーフィへの注意が集まったようで根のようになっている足を動かし、ナーフィへと迫る。

迫りながらも、両の枝を伸ばしてナーフィを攻撃するが、当たらない。

ナーフィは舞のような動きでかわす。思わず見惚《みと》れてしまうような華麗な動きとともに、ぶるんと重量をもったお胸が揺れる。

おっと、見惚れている場合ではない。

チャンスだ。俺が一気に近づき、ショットガンを構える。

俺に当てないように、銃撃は止まっている。ここで決めるしかないだろう。

トリガーを引いた瞬間、思っていた以上の反動に襲われ、けたたましい銃声が響いた。

「があ⁉」

俺の放ったショットガンから放たれた散弾が、ウッドマンの体に命中し、吹き飛ばす。いくつもの弾痕と穴があいたウッドマンは、悲鳴を最後にぴくりとも動かなくなった。

……やったか？　いや、これはフラグになってしまうな。

もうハンドガンの反動は気にならないくらい体も強くなっていたが、ショットガンを余裕で扱えるようになるにはまだまだ時間がかかりそうだ。

念のため、ポンプアクションを行い、弾の装填を行う。

ウッドマンへ構えながら近づいたが、ウッドマンの体が霧のようなものを出し、体の先のほうから消滅していった。

間違いなく、倒した……でいいだろう。

ふうと息を吐いていると、三人がこちらにやってきて笑顔を浮かべた。

「やったわねシドー様。かなりの威力だったわね」

「その分、音も反動も凄かったけどな。ちょっと肩痛いし」

反動で肩にぶつかってしまった。

俺の使い方を見ていたナーフィが片手を差し出してきたので、ショットガンを渡す。

彼女はすっと構え、すぐに放つ。反動などは特に気にせず、ポンプアクションを合わせ、連射していく。

俺がやっているのを見て、もうコツを摑んだようだ。

「ん」

「……おう。次からはナーフィが使ってくれ」

「あたしも、ちょっと試してみたいわね」

「……わ、私も使えるように練習しますね」

「……ああ、分かった」

これもまた、人数分用意する必要があるかもしれない。

……い、いやそこはまた俺の魔力に余裕が出てからでもいいか。

ただ召喚するだけとはいえ、俺への負担は大きいんだからな……。

取りあえず、ショットガンを召喚するかについてはまた後で考えるとして、ウッドマンがドロップしたアイテムを確認する。

「魔石、少し大きいな」

いくつかのウッドマンの素材とともに大きめの魔石がドロップしていた。

回収を手伝ってくれたナーフィにお礼を伝えると、頭を撫でるように向けてきたので軽く撫でる。

「ありがとな、いつも」

「ん」

ナーフィは満足げに頷き、リアが口を開いた。

「魔石が大きいのは、ボスモンスターのものだからね。これなら、銀貨一枚くらいで買い取ってもらえるかもしれないわ」

「それなら、ひたすらボスモンスターを狩ってたほうが効率いいな。再出現するんだよな？」

ショットガン一発ぶち込めば、おそらく体力の大半は削れるだろう。下手をすれば一発で倒せるかもしれない。

それなら、スモールウッドマンよりこっちと戦っていた方がいいだろう。

闇雲《やみくも》に探すよりは断然そのほうがお得だ、とか呑気に考えていると、リアが考えるように顎に手をやる。

「再出現は時間経過でするけど……確かに、そうね。普通、こんな簡単にはいかないんだけど……ショットガンのおかげもあってすっごい楽に攻略できそうね」

「……ショットガン、召喚して良かったな」

「ボスモンスターって結構強くて、いろいろなアイテムを駆使して戦うのが普通で、倒し切ってもアイテムとか消耗しちゃうことが多くて、効率はよくないのよね。……でも、シドー様の場合、武器に使う弾とかは召喚できちゃうし……これが最高率なのは確かだと思うわね」

なるほどな。確かにゲームとかでもそうだが、ボス戦となればある程度アイテムを使うこともあるだろう。

もちろん、レベルに余裕があればそんなことはないのだが、ギリギリならば回復アイテムをたくさん使って乗り切るものだ。

そういった諸経費がかからないのが、この召喚魔法の何よりも強い部分かもしれない。

「レベル上げの効率はどうなんだ？」

「ボスモンスターの方がレベルアップは早いけど、どっちが効率いいかは分からないわね」

……そうか。でもまあ、いろいろ含めたらこっちの方がいいよな。

「あちこち歩き回るのも疲れるし、ここで待機してウッドマン狩りでもしていくか」

「シドー様がそれでいいって言うなら、あたしたちも同意見よ。ボスモンスターもすぐに復活するわけじゃないから……どっちがいいかは分からないけどね」

「それなら、ストップウオッチで計ってみるか」

スマホの時計を取り出し、そこからストップウオッチのボタンを押す。

倒してからすでに時間が経《た》ってしまっているので、多少の誤差はあるが。

「……スマホで時間も計れるの？」

「まあな。どのぐらいの時間で復活するか……それまで何か食べてるか？」

俺がそう言うと、三人はぴくりとエルフの耳を少し動かした。

……分かりやすい奴らだ。

「そ、そうね。ボス戦もあるんだし……またおやつにしましょうか」

「それじゃあ、適当におやつ出していくぞ」

手当たり次第に、思いつくお菓子を召喚していく。

チョコ、クッキーなどなど。俺はポテチが食べたかったので、コンソメ味のポテチを召喚して食べ始めた。

すぐにナーフィに取られてしまい、皆でお菓子タイムを楽しみつつ、ボスが復活するのを待っていった。

ウッドマンが再出現したのは、それから約十分後だ。

ストップウオッチでの表示は九分くらいだったが、記録を始めたのが遅かったからな。

おおよそ、十分だ。

ウッドマンがこちらをジッと見てくる。

「ん」

すぐに動き出したのは、ナーフィだ。彼女の手にはショットガンが握られている。

ナーフィがそれまで使っていたハンドガンは、アンナが二丁拳銃となっている。

アンナは慣れた手つきで両手のハンドガンを連射していく。

戦闘中のアンナは、思っているよりもずっと動けるんだよな。

……亜人の身体能力があるからだろうか。彼女はまったく上体がブレることなく、すべてをウッドマンにぶつけていく。

そうなれば、ウッドマンの注意はアンナへと集まる。

攻撃を仕掛けてくるが、アンナはバックステップで距離を取る。

ナーフィほどではないが、アンナも動きのキレはいい。

しなやかな細い体というのもあって、動きやすいんだろう。

……ていうか、ナーフィはあんな大きな胸を揺らしながらで痛くはないのだろうか？

この世界にも下着という概念はあるようで、俺が適当に突っ込んでおいた下着類を彼女らは身につけていた。

……ナーフィとリアのブラジャーは結構大きかったんだよな。おそらく一番はナーフィだろう。

いかん。変なことを考えている場合ではない。

そのナーフィにも、攻撃が向けられるが、リアとアンナの援護もあってナーフィには当たらない。

俺も一応ハンドガンを撃っているが、うん、援護できているかはあんまり分からない。

ナーフィが一気に迫り、ショットガンをぶっ放す。

俺たちも銃撃をやめ、その様子を見守る。

一撃で、ウッドマンにいくつもの傷を作り出す。

よろめいたウッドマンの隙を逃すナーフィではない。

彼女はすぐにショットガンをもう一発放つと、ウッドマンを倒した。

二発、か。

ボスモンスター相手にこれだけ圧倒的になるか。

「……余裕、だったわね」

「……そうだな」

俺とリアは後方からその様子を眺めていた。ナーフィの戦闘力と機動力はかなりのものだ。

ドロップした素材をナーフィがかき集めてきたので、それを受け取り、頭を撫でてやる。

表情は変わらないのだが、雰囲気的には喜んでくれているように感じる。

威力は問題ないと分かったが、ショットガンはいろいろ目立つ。

他の人たちに銃声を聞かれると面倒なことになるかもしれないので、外で使うのはなるべく控えた方がよさそうだ。

「そういえば、この迷宮まったく冒険者いなかったよな」

「あんまり人気ないのかもね。普通に戦ったら、ウッドマンって結構面倒そうな相手だし」

「そうなのか？」

普通の戦いというのは、おそらくハンドガン以外の武器を使ってということだろう。

「あの枝硬いし、樹皮の鎧もけっこう頑丈よ。ハンドガンとかショットガンじゃなかったら、たぶんここまで簡単には戦えてないわよ」

「……なるほどな」

リアの言葉に、アンナも頷いている。

「わりと素早かったですし……ご主人様の武器がなかったら、大変だったと思います」

「ってことは、この近隣のEランク迷宮は剣士タイプには微妙かもな」

もう片方がスライムの迷宮のようだし、火魔法とか使えるならどっちの迷宮も攻略しやすいかもしれない。

今思えば、ギルド職員の表情がちょっと険しかったのはそんな理由なのかもしれない。

俺に対して「初歩的なことを聞くんじゃねぇ、バーカ」とののしってくれていたわけではないのだろう、残念。

「それじゃあ、あらためて確認なんだが……約十分に一回、ボスモンスターと戦闘をするのと、三階層で魔物たちを倒し続けるの、どっちの方が効率がいいと思う?」

三人の意見を聞いてみたい。

リアは考えるように顎に手をやっていて、アンナが控えめに手を上げた。

「私は、ボスモンスターを倒し続けるのがいいかな、って思いました」

アンナの意見に、俺も同意ではある。

ナーフィは首を傾げている。そういうのは、よく分からない、ということだろう。

考えていたリアが、ゆっくりと口を開いた。

「あたしも、ボスモンスターを狩っている方が効率いいと思うわね。確実に言える情報だと、魔石の稼ぎに関してはこちらの方が圧倒的よ。ただ、レベル上げに関しては、もしかしたら三階層でうまく魔物と遭遇できれば、そっちの方がいいかも、とは思うけど……どうするの？」

「いや……魔物探して歩くのは疲れるし、ここで待機しよう。ありがとな」

リアが、俺たちのなんとなくで考えていたことを言語化してくれたおかげで、こちらの選択肢を選びやすくなった。

リアの言うとおり、明確にメリットがあるというのなら、わざわざギャンブルしに三階層へ向かう必要もないだろう。

三階層の場合は、ぐるぐる歩き回りあてもなく魔物を探して彷徨《さまよ》う必要があるわけだし。

ひとまず、ブルーシートを召喚し、ボス階層の隅の方に敷いて、俺たちはそこで休憩を取る。

ごろん、とナーフィが寝転がったので、ブルーシートはいくつか使う。おもりも召喚し、四隅に置けば完成だ。

……さて、この暇な時間。

どうしようか。

「ん」

ナーフィが食事を求めてきた。

一応、収納魔法に入れてあるのだが、ナーフィは俺に要求することが多い。

「召喚魔法から勝手に食べてもいいんだぞ？」

「ん」

首をわずかに横に振った。

……まあ、本当におなかが空いた時とかは勝手に食べるだろう。

「おにぎりでも食べてみるか？」

「ん」

ハンバーガーばかりもよくないだろう。俺はおにぎりを召喚し、ナーフィに渡していく。

梅、鮭《サケ》、おかか、ツナマヨ、ネギトロなどなど……さまざまなコンビニおにぎりを召喚していくと、リアとアンナもこちらにやってきた。

「ほら、戦闘で動けなくならない程度に栄養補給していけ」

「……い、いただきます」

アンナが両手を合わせ、おにぎりをひょいと取る。

彼女らも、随分と素直になってきたな。

順調に、俺の召喚魔法がなくてはいけない体になってきている。

これなら、今後も一緒に冒険者活動を送っていくこともできるだろう。

……今後、か。

どれほど彼女たちと一緒にいるのかは分からない。

帰れるのなら、俺は明日にでも日本に戻りたいと思っている。

……家族たちのためにも、な。

ただ、その時リアたちはどうなるのか。

俺がいなくなっても、彼女たちが生活していけるようにしないとな。

……ひとまずは、今のように冒険者として活動していき、彼女たちが冒険者としての稼ぎで生活できるようになってくれればいいんだけど。

日本に戻っても、俺の召喚魔法が使えて、収納魔法が連結しているなら別に食事を提供する分には構わない。そうなってくれるのが、俺としては一番いいんだけど。

うーん……どうだろうな。

「シドー様！　さっき言ってたツナマヨがめちゃくちゃ美味しいわね！」

嬉しそうな表情で無邪気に食事をしているのは、リアだ。

初日は結構警戒していた彼女だが、今は純粋に笑ってくれている。

……ひとまず、この笑顔を守っていくのが、今の俺の仕事だよな。

「そうだな。あとでまたたくさん召喚してやるから、そろそろ準備してくれ」

「あっ、そうね。ほら、二人とも。ちょっと倒してくるわよ」

リアが二人に声をかける。

……まあ、私生活に関しては、リアがいれば問題ないだろうな。

それから何度かウッドマンを倒して、休憩というサイクルで戦闘を行う。

ちょうどその時、アンナが声をあげた。

「あっ、レベル14にあがりました」

「あたしも、レベル14ね。ナーフィは？」

「ん」

ナーフィは、両手で10を作った後、指を7本立てる。

17だ。

「俺はレベル16だ。結構いいペースだな」

「結構、どころかかなりよ。やっぱり、食事にレベル上げの効率をあげる効果があるのよ」

検証するには、他の冒険者パーティなどに協力してもらう必要はある。

でもまあ、別に無理に調べる必要もないけど。

「……何かあったらいいんだけどな。取りあえず休憩だし……次はチョコでもくうか？」

問いかけると、三人は力強く頷いた。

食べ過ぎないようには注意しつつも、この三人が本当に美味しそうに食べるものだから、ついつい上げてしまう。

……今のところ、まだ太ってはいないようだが……まあ、一日二日で体重が一気に増えることはないよな。

……あとで、体重計でも召喚して、三人の記録をちゃんととっていこうかね？

お菓子を食べているときがどうやら一番の幸せらしく、エルフの耳を上下させている。

まるで犬の尻尾《しっぽ》のようだ。

俺はじっとリアの耳を見ていると、彼女が恥ずかしそうに耳を隠した。

「な、何よ？　何かある？」

「いや、ピクピク動いてたからな。……そのエルフの耳って結構自由に動かせるのか？」

「動かせるけど……勝手に動いちゃうときもあるのよ。あんまり見られると恥ずかしいんだけど……」

「そういうものなのか？」

「視姦《しかん》しているようなものなんだからね。気をつけなさいよ」

……それ、マジで？

ちょっと恥ずかしそうに右耳の耳たぶあたりを触っている。

「そうなんだな。食事しているときはだいたいいつも動いていたけど、あれは勝手に動いていたんだな」

「……あんまり見るんじゃないわよ、まったく。ていうか、そんなに見るもんでもないでしょ？」

「いや、どうだろうな？　俺の世界って、人間以外の種族いないからな。珍しいんだよ」

「え⁉　い、いないの⁉」

「ああ……そうだな」

「……それは、いいわね。種族ごとの差別とかってないんでしょ？」

……この世界だと結構種族ごとの立場というのは違ってくる。

一番人口の多い人間が優遇されている部分はあるし、亜人は差別されやすい。

もちろん、亜人しかいない国などもあるが、リアたちが亜人という立場で苦労してきたのはなんとなく想像できる。

だから、俺の世界に対しての憧《あこが》れはあるようだが、悪いがそれは否定せざるをえない。

「……いや、そういうこともないな。生まれた国によってとか、肌の色とかで差別している人もいるし……」

「……そうなのね。案外、難しい問題ね」

「……確かに、エルフでもダークエルフとエルフは仲悪いですもんね……」

「そうなのか？」

ナーフィは……たぶん、純粋なエルフではない。ダークエルフとまでは言わないが、他二人よりも肌は濃い。

それでも一緒にいたから、特にそういうのはないものだと思っていた。

アンナはこくりとゆっくり頷く。

「はい……私のいた故郷とかでは、特にそういうの強かったです……私は、あんまり気にしてなかったんですけど……」

「……あたしも、同じような経験あるわね。ダークエルフの家の子にだけは負けられない、みたいなのはよくあったわよ。あたしも、正直そういうの気にしてないけど」

二人とも、ナーフィに向けてそう言っているように感じた。

そのナーフィはというと、少し落ち込んでいるように見えた。

いつもよりも元気がなかったので、彼女の頭を撫でると、俺の膝《ひざ》の上に頭を乗せてきた。

犬みたいだ。

「……ナーフィってもしかして少しダークエルフの血が入ってて大変な思いをしたのか？」

「……ん」

ナーフィは控えめにながら頷いた。

また元気がなくなってしまった。あまり、深く聞くようなことではなかったな……。

「ああ、悪い。別に俺は気にしないから。ナーフィはナーフィだからな！」

嘘偽りなく、今のナーフィが一番だと思っている。

元気付けるように声をかけると、ナーフィはこくりと頷いた。

……やはり、彼女たちの過去について触れる場合は、慎重になった方がいいだろう。

第四章……優秀な仲間と食事

Eランク迷宮での戦闘を終えたのは夕方だ。それからギルドに戻り、所持していた魔石を換金した。

「す、凄《すご》い量ですね」

「……ま、まあEランク迷宮は結構余裕に戦えたな」

ギルド職員に驚かれたので、そう言っておいた。

……この魔石の量は、結構異常だったのかもしれない。

しまったな。あんまり目立つようなことはしたくなかったんだよな。

俺《おれ》たちの稼ぎに反応してか、周囲の冒険者たちが窺《うかが》っているのを感じる。

ただでさえ、エルフ三人の奴隷を連れている冒険者は目立つので、変なところで目をつけられなければいいんだが。

取りあえず、何かトラブルが起こるようなことがあれば、別の街への移動も考えないとな。

俺たちはあくまで一つの冒険者パーティとして活動していければいい。

王城で頑張っている勇者たちのような英雄譚《たん》はいらない。

淡々と経験値を稼ぎ、俺のできることを増やしていく。その先が、日本に戻るための手段に繫《つな》がっていると信じてな。

魔石の売り上げは銀貨五十枚ほどになった。……一日中ひたすら狩っていたからな。

魔石がちょうど、供給量が減っていたため、買取金額が増えたというのも理由の一つだろう。

これなら、正直金に困ることはない。日銭を稼ぎ、レベルを上げていくのも問題なく行えるだろう。

なんなら、これを維持できるなら宿のグレードをもう少しあげてもいいくらいだ。

無事宿に戻ってきたところで、俺たちは昨日同様公衆浴場へ向かう。

昨日はリアたちが出てくるのを待っていたが、今日は先に戻ると伝え、そこで別れた。

これなら、リアたちもゆっくり汗を流せるだろう。

ご主人様がいないところで、ご主人様に対しての愚痴の一つもこぼしたくなるだろうしな。

それに、風呂《ふろ》とはいわずとも、ゆっくりしたい気持ちもあるはずだ。

プライベートの時間というのも大切だ。奴隷としてつきっきりにさせてしまっているわけで、多少なりとも自由になれる時間を与えてあげたほうがいいだろう。

……そういえば、もうすぐこの世界での休日が来るな。

読み方は違うらしいが土曜日、日曜日が来るのでその時は休みにしてもいいよな。

俺は、自分のステータスを改めて確認する。

『シドー・トヨシマ　レベル20　召喚魔法　収納魔法』

だいぶ、レベルも上がってきたな。

さすがに王城にいる勇者たちと比べたら成長は遅いのかもしれないが、別に王族の後押しがなくてもなんとか生活はできそうだ。

まあ、一応初期費用を支払ってくれたあのドS王女様には感謝しておこう。一応な。

それに、追っ手とかが来る様子もない。

俺が問題なく生活できているところを見るに、恐らく俺への興味は完全に失せてくれたんだろう。

あとは、王城に残る勇者たちが魔王を倒してくれることを願いつつ、こちらはこちらで生活を整えていくだけだ。

ひとまずは、ショットガンを使って魔物を倒していけばいいとは思うが、次に挑戦するとしたらDランク迷宮の魔物か。

……うーん、大丈夫か？　ちょっと防具とかも購入した方がいいかもしれない。

防刃ベストとかを身につけていれば、多少は身を守ることもできるだろう？

あとは、盾か。向こうの世界にもいろいろと盾もあったよな。

盾をうまく並べて、その後ろから射撃……みたいなことができれば、より安全に戦えるかもしれない。

それか、ショットガン以上の武器を手に入れるか。

使い勝手の良さでいえばハンドガンよりもアサルトライフルの方がいいだろう。

今のうちのパーティだと射程の問題もある。

距離を重視するならスナイパーライフルか。他にも、ロケットランチャーとかもあるか……。

まだ、さすがにそこまでのものは召喚できないとしても、いずれはそれらを召喚できるようになるだろう。

そんなことを考えつつ、ひとまず召喚したのはガスコンロだ。

……ずっと、出来上がったものばかりを召喚していたからな。

たまには、自分で料理がしたかった。

というか、今までだって余裕があれば料理をしたかったくらいだ。

だというのに、なかなかそういう暇がなかったし、落ち着ける場所がなかった。

あと、単純に三人の食欲だ。

リアがいない今のうちに、ゆっくり料理を楽しもうという作戦だ。

まずはお米の準備だ。暇な時間に研いで水につけておいた米の入った土鍋をガスコンロに設置し、火をつける。

土鍋で米を炊くのなんて久しぶりだ。昔、学校の授業でやったことがあるくらいだ。

ここからしばらくは火を通す必要があるので、その間に別の料理を作る。

こちらも、迷宮にいた時に準備済みだ。大きな袋に大量の豚肉を入れ、それを生姜《ショウガ》焼きのタレにつけておいた。

準備しているときはそれこそ給食でも作っているかのような気分だった。

すでにつけ終わった肉をアイテムボックスから取り出し、ガスコンロに載せたフライパンに油をたらし、焼いていく。

いい音と匂《にお》いだ。宿の店主に聞いたが、「別に料理とかは自由にしてもいいよ」とのことだった。一応窓を開けて換気しているのだが、いいと言われたからにはいいだろう。

この世界にもガスコンロのようなものがあり、それを持ち込む冒険者もいるそうだしな。

しばらく肉を焼きながら、土鍋の様子を見るともうふっくらと出来上がっていたので、火を止める。あとは蒸らしておけばいいだろう。

やはり、ご飯は炊きたてに限る。いくら、これまでどこぞのお店のご飯を召喚していたとはいえ、やはり出来上がったものには負ける。

今回用意した豚肉もすべて最高級品だし……楽しみだ。

焼き終わった肉は、どんどん保存容器に入れひとまずアイテムボックスへ。

冷めないように配慮して、次の肉を焼いている。

すると、何やらバタバタとした音が廊下の方か聞こえてきた。

ちょうどその時だった。俺の部屋がノックされる。

「ご主人様！　今戻りました……！」

「ああ、了解。ちょっと待ってくれ」

肉に入れる火を弱めつつ、アンナを迎える。

アンナは何やら慌てた様子だった。……今は、一人のようだ。

「リアたちはまだシャワーか？」

「はい。リアちゃんが、ナーフィちゃんを洗ってくれるそうなので、先に戻ってきましたが……さ、先ほどの匂いはなんでしょうか？」

……アンナも、男性が苦手と言っていた割にはぐいぐい来るようになったな。

彼女はゆったりとした服装だ。俺が渡していた着替えだ。

アンナはパーティ内でもっともスレンダーな体形をしているが、よく似合っている。

その顔は赤い。風呂上がりだからというよりは、何かに興奮している様子だ。

「そんなにしたか？」

「はい。外でも人が集まっていましたよ」

……ええ。

ちらと窓の外を見てみると、確かに人が集まっている。まさか、この部屋の匂いに釣られてじゃないよな？　そうではないと願いたい。

今後、街の中では料理をしないほうがいいかもしれないと思いつつ、俺は残りの肉を焼いていく。

「今、料理をしていてな。ずっとできたものを召喚していたから、ちょっとは料理もしようと思ってな」

「……なるほど。お肉ですか。とても、いい香りですね。そちらの火を使ったものは、なんでしょうか？　魔道具で似たようなものを見たことがありますが……」

「俺の世界の道具でガスコンロって言ってな。こんな感じで火を出せるんだ。アンナもそっちのコンロで肉を焼いてみるか？」

「は、はい」

このままアンナに何もしないと、味見を始めそうだったので、仕事を振る。

悪いが、三人の食欲を満足させられるようなペースで肉は焼けないんだ……。

俺は早速もう一つフライパンを召喚し、油をしいた。

アンナに見本を見せると、彼女はすぐにガスコンロに火をつけ、小さく悲鳴を上げる。

「……ま、魔法や魔石の力を使わずにこれほどの火が使えるなんて」

「むしろ、俺からしたらこれが当たり前なんだけどな。それじゃあ、あとは肉を焼いていってくれ。料理はしたことあるのか？」

「はい。問題ありません」

そうか。アンナに調理用の箸を渡そうかと思ったが、やめた。トングのほうが使いやすいだろう。

彼女にトングを渡し、肉を焼いてもらう。彼女たちがたくさん食べるんだから、自分の分は調理してもらわないとな。

肉を焼きながら野菜の準備と味噌汁《みそしる》も作って完成だ。

俺がお皿に料理を並べていく。ライス、味噌汁、生姜焼きとキャベツの千切り。これだけあれば、十分だろう。

しばらくして、リアとナーフィがアンナのときと同じように駆け込んできた。

「な、何この匂いは？」

「ん！」

すでに俺たちがうまいものでも食べていると思ったのか、ナーフィが珍しく目を吊《つ》り目がちにして声をあげてきた。

「落ち着け。まだ食べてないから」

俺は先ほど召喚した簡素なテーブルを置く。一人用の小さなものなので、どうにか問題なく召喚できた。

確実に、俺の召喚魔法が成長しているのを実感しつつ、食事を並べていく。

「一応肉はたくさん焼いてあるとはいえ……そんなにはないんだからな？　皆で仲良く食べるように」

どちらかというとご飯が心配である。まあ、足りなくなったら召喚するしかないだろう。

すぐに全員分の食事を用意し、皆で食事を開始する。

いただきます、と俺が言った瞬間。

リアたちはもう待ちきれなかったようでフォークを使って食事を始める。

真っ先に生姜焼きにフォークを伸ばし、それを口に運ぶ。

「……うまっ」

「……っ！　おいしいです！　な、なんですかこれは⁉」

「ん」

「生姜焼きって言ってな。簡単に作れておいしいよな」

俺もぱくりと食べてみたが、うまい。

普段使っている肉よりもいいものを召喚したこともあって、かなりうまい。

……いつもは、安い肉ばかり買っていたからな。それらの味を誤魔化《ごまか》すために調味料をたくさん入れていたものだが、これは肉の味もしっかりと自己主張してきてくれる。

リアたちの食べる速度が加速していく。……うん、白米は確実に足らなくなるだろう。

ただ、美味《おい》しそうに食べる彼女たちを見ていると、悪い気はしないのだが……料理をする場合は、ある程度時間に余裕を持った方が良さそうだな、とは思った。

足りなくなった肉を調理し、白米は召喚で補っていき、その日の夕食を終えた。

次の日の朝。

ナーフィがまた俺のベッドに侵入してきていた。

ただ、今日は昨日に比べて余裕があったので、いろいろと柔らかな感触を堪能させてもらい、無事脱出させてもらう。

そうして朝を迎えた俺が三人の着替えの時間に合わせて外へと出ると、ちょうど仕事中の店員に声をかけられた。

「おはようさん」

「ん？ おはよう」

笑顔交じりの店員に声をかけられ、何かと思った。

「昨日、おまえさん部屋で料理してたのか？」

「え？ ああ、してたけど」

朝。いつものように迷宮にでも行こうかと思っていたら、店主にそう声をかけられてしまった。

何かまずいことがあっただろうか？

「いや……めっちゃいい匂いしてな。夕飯食った後なのに腹減ってきちまってよ」

「そうだったか」

「なんか、うちで料理が提供されてんのかって聞かれてな。ついでとばかりに食堂を利用していく人もいたもんで、いい儲《もう》けになったぜ。お前さん料理得意なのか？」

「得意ってわけじゃないが、旅をしていると食事は楽しみの一つでな。身についたんだ」

と嘘《うそ》を言っておく。俺は冒険者だし、疑われることもないだろう。

そんなやりとりをして、去っていった。

ただまあ……あんまり料理とかを宿ではしない方がいいかもな。

調味料をふんだんに使った料理なんて、平民には縁遠い。

それができる立場なんだと誤解されると、面倒なことになる。

実際はただの異世界の一般人だとしても、他者には俺が大金持ちの貴族に見えてしまうかもしれないからな。

それで、面倒事が舞い込んできたら厄介だ。

隠していることが多いとなんでもかんでも迷宮になってしまうな。

場所を選べば秘匿性が高いんだから仕方ないか。

「お待たせ。着替え終わったわよ」

リアたちが部屋から出てきていたので、俺たちはギルドへと向かう。

今日から、Dランク迷宮に挑戦するためだ。

ギルドへとついた俺たちは早速受付前の列へと並ぶ。

アンナとナーフィは、前回と同じく隅の方に待機してもらう。

俺たちの順番になり、早速ギルド職員に問いかけてみると、彼女は難しそうな表情で頬《ほお》をかいた。

「Dランク迷宮ですか……この街の近くだとDランク迷宮ってないんですよねぇ」

「……そうか。Cランク迷宮はあるのか？」

「ええ。南門を出てすぐのところにあります。もしも、Dランク迷宮に挑戦するのであれば別の街か村に移動した方がいいかもしれませんね」

「Dランク迷宮に一番近い村か街はあるのか？」

「南の方にある村がいいかと思います。ただ、馬車が出ていないので、商人などの護衛依頼のついでに行かれるといいかと思います。月に何度か向かっていますので、もうすぐ依頼も来ると思いますよ」

商人かぁ。護衛依頼自体は別にいいのだが、俺たちの持っている武器が武器だからな。

この際、銃以外の武器でも召喚してみるか？　例えば、クロスボウとかだ。

あっちのほうが、銃火器よりも威力は下がるかもしれないがそれでも目立つことは少なくなるだろう。

ただ、クロスボウによる戦闘に慣れたところで、結局メインで扱う武器は銃だからなぁ。

「……なるほど、分かった。ありがとな」

リアとともに俺も頭を軽く下げてから、俺たちはアンナとナーフィと合流する。

アンナが俺の顔を見て小首を傾《かし》げてきた。

「どうでしたか、ご主人様？」

「近くにDランク迷宮はないらしいんだよ。一応、Cランク迷宮はあるらしいんだけど……どう思うリア？」

今の我がパーティの戦力と、Cランク迷宮との戦力についての差を考えるとき、リアが一番正確に判断できると思うので聞いてみた。

「ちょっと、どうなるか分からないわね。ショットガンが通用するなら、問題ないと思うんだけど……この前の戦闘的にDランクくらいまでなら余裕だとは思うけど……」

「そうだよな。……一度、お試しで入ってみて様子を見るっていうのはどうだ？」

「万が一、があるのよね……。そりゃあうまくできればいいけど、魔物が強くて逃げられない時は危険だし……」

リアとしては、あまり無理には行きたくないという感じか。

……アンナの表情も険しく、今の状態で無理に挑戦するのは良くないだろう。

戦闘中に恐怖で動けないとかになったら、最悪だしな。

Cランク迷宮でも火力面では問題ないかもしれないが、俺の動きはそこまで良くはない。

攻撃を当てられれば勝てると思うが、向こうの攻撃を喰《く》らってやられる可能性もある。

確実に前に進んで行った方がいいだろう。

「取りあえず、Cランク迷宮への挑戦はまたあとにしよう。南の村に移動するための護衛依頼を受けるとして……依頼って冒険者ランクが高くないと受けられないとかあるのか？」

「そうね」

「リアたちのランクは？」

「Gランクよ。シドー様も……Gランクよね？」

「……そうだ」

「これだと、なかなか護衛依頼は受けられないわね。取りあえず、ランク上げでもする？」

あるいは、徒歩で移動するか？

それか自分たちで馬でも用意するか……。

乗り物は……さすがに召喚までは厳しいか？　もしかしたら安い中古のものを狙《ねら》えばどうにかなるかもしれないが……道も荒れているし、大変か。

車なんて魔力足りないし……今の俺の召喚魔法だと自転車が精々《せいぜい》か。

俺はともかくとして、自転車をリアたちが乗りこなせるかどうかも疑問だ。

道は荒れているし、そもそも乗れるようになるまで時間がかかるかもしれないし……。

もしも、移動系の道具で召喚するなら、四人で移動できる車の方がいいだろう。

運転の仕方は分からないが、これまで通りなら俺なら何とかなるかもしれない。

とはいえ、今は仕方ない。ひとまずは依頼を受けてランクを上げていけばいいか。

早く帰りたいが、むちゃをする必要はない。確実に、少しずつ成長していこう。

「取りあえず、護衛依頼を受けられるようにランク上げていこうか」

「そうですね。ランクが高いといろいろと便利なことも多いしね。Dランクくらいあれば護衛依頼もすんなり受けられると思うわよ」

リアが頷《うなず》いてくれたので、早速依頼を受けることにする。

依頼は常に張り出されているものもある。周辺で増えてきた魔物や薬草の採取などだ。

……魔物。ゴブリンも入っているな。

最近、街から離れたところにゴブリンが増えているとのことで、討伐を命じる依頼が出されているようだ。

これって、もしかしたら俺たちがこの前狩りまくっていたゴブリンたちかもしれない。

取りあえず、すべてアイテムボックスに入れてあるし、ランクを上げるため、ということにしてギルドと提携している解体場に運んでみるか。

早速ギルドに隣接された解体場へと向かい、受付を行う。

その後、個室へと案内され、強面《こわもて》の筋肉質な男性に声をかけられる。

「んで、ゴブリンの解体をお願いしたいって？」

「ああ。収納魔法にまるまるゴブリンを入れてきて、何体かいるんだ。頼めるか？」

「おう、了解だ。ここに出してくれや」

俺たちが初心者冒険者、ということもあってか男性はかなり優しい。見た目で、損をするタイプの人だな。

すぐにアイテムボックスからゴブリンを出していくと、男性はだんだんと頰が引き攣《つ》っていく。

そうしてすべてのゴブリンをアイテムボックスから出し終えた俺は、死体の山に少しひく。

これがすべてアイテムボックスに入っていたんだよな……。

「い、いやさすがに多いな。兄ちゃん、かなり収納魔法に恵まれてんな！」

「みたいだな」

「これなら冒険者よりも商人のほうが稼げるんじゃないか？　まあ、解体やっとくからまた午後にでも来てくれ」

……驚いた様子ではあったが、あくまで最初だけ。

すぐに男性は笑顔を浮かべてくれた。

番号の書かれた木製の板が渡される。

これが、俺の受付番号ということだろう。

アイテムボックスにしまってから、解体場を後にした。

張り出されていた依頼の中から、Gランク冒険者でも狩れるものを探していく。

まずは、やはりゴブリン討伐だ。ただこれはあまり旨味《うまみ》がないので、別の依頼を探す。

常に張り出されていて、もしも目撃したら討伐してほしい……みたいな依頼は多くある。

その一つが、ワイルドボアだ。

依頼書には、北門を進んで行った先の山の麓にある森のワイルドボアが最近増えているので見かけたら討伐してほしい、と書かれていた。

「ワイルドボアって、どうなんだ？　強いのか？」

俺がリアに問いかけると、彼女は顎に手をやる。

「ワイルドボアだったら、EランクとDランクの間くらいだったはずよ。ちょうど、相手としては申し分ないと思うわ」

「……それなら、腕試しに行ってみるか」

「そうね。アンナたちは何か受けてみたい依頼ある？」

「私は……大丈夫です。ナーフィちゃんはどうですか？」

「ん」

ナーフィはワイルドボアの依頼書を指さしている。

……どうやら、彼女の意見も一致しているようだな。

ナーフィって、文字は読めるのだろうか？　そんなことを考えながら、俺たちは北門をでて、目的地へと向かう。

森までは……結構遠いが、リアたちとともに食事をしながら移動していく。

「移動がなかなか大変だな……皆って馬って乗れるか？」

「私は……一応経験ありますので」

「ん」

アンナとナーフィは頷《うなず》いている。

おお、頼もしい。

「あたしも、乗れるけど……でも、借りるとしても最低二頭よ？　かなりお金かかっちゃうし、迷宮に入る場合は誰《だれ》かが見張りとして残る必要があるわよ？」

「……だよな」

狩りの効率がいいと言っても、移動にまでお金をかけるのもなぁ。

リアが言うように、見張りで誰かが残ることも考えたらあまりいい策ではないよな。

でも、二人乗りになれば、合法的に密着できるわけでもあるわけだし……いい作戦だと思ったんだけどな。

金に余裕があるとはいえ、無駄金はあんまり使いたくないし。

そんなことを話していると、ようやく森の入り口に到着した。

「取りあえず、中に入る前に休憩するか」

俺はそう言ってから、アイテムボックスから折りたたみ式の小さな椅子《いす》を取り出し、そこに腰掛ける。

地面の安定している場所を選んで設置したのだが、微妙にがたがたと揺れるのは仕方ない。

三人の分も用意したのだが、ナーフィはブルーシートがいいようだ。

仕方ないので、それを取り出すとナーフィはゴロンと横になる。

それに合わせ、アンナとリアも横にはならないが足を伸ばすようにそちらでくつろいでいる。

……うん、俺もそっちの方がいいかも。

ブルーシートをもうひとつだし、俺たちはその場で休み始める。

ついでにテーブルも取り出し、飲み物などを置いておく。

今回用意したのはスポーツドリンク。ここまで運動してきたし、これからも運動するからな。

アンナとナーフィがすぐに反応する。真っ先にナーフィは口に運び、こくこくと飲んでいく。

「ん」

ナーフィは気に入ったようだ。ペットボトルに入っていたそれを一気に飲み干したので、さらにもうひとつ召喚する
今度は五百ミリリットルサイズではなく、二リットルサイズだ。

……アンナもパッと目を輝かせる。

「……これはまたジュースとは違った美味《おい》しさですね」

「スポーツドリンクって言ってな。体動かしたときに足りなくなるものとかが補給できるんだ」

細かい材料名とかも分かるが、だからといって彼女たちに説明しても伝わらないだろうということでめちゃくちゃ簡単に説明しておいた。

「……そうなのですね。そんな便利なものもあるのですか」

「ほんと、シドー様の世界って美味しいものたくさんでうらやましいわね……」

リアも口をつけ、目を細めている。

もうすっかりペットボトルで飲むのに慣れた様子だな。

「何か食べたいものはあるか？」

「……何か、甘いものが食べたいわね」

「……私も」

「ん」

三人が期待するようにこちらを見てくる。

自分から、積極的に要求も伝えてくるようになるとは、もうすっかり虜《とりこ》だな。

「それなら、今日はドーナツでも召喚してみるか」

「……ど、どーなつ？　何よそれ」

「まあ、食べてみてからのお楽しみだな」

俺が召喚するものに期待しかないようで、目を輝かせている。

早速俺は皿を取り出し、その上にドーナツを召喚していく。

全国にあるミスドーナツだ。こちらから、いくつかドーナツを召喚してみせた。

「甘い香りがするわね……っ」

「こ、この黒いものがかかっているのはチョコですか⁉」

「ん……」

「ああ、好きなものを選んで食べてくれ」

「……ど、どれにしよう」

「……私、この白いチョコみたいなのがかかったものにします」

「ん」

迷いながらも、それぞれ一つずつドーナツを摑《つか》んで、食べ始める。

俺はリングドーナツを手に取り、食べる。……うん、うまい。

この甘みが最高だ。

俺が食べ始めると、リアたちも期待した表情とともに大きく一口食べ、嬉《うれ》しそうに頰を押さえる。

「こ、これもちっとしてるわね⁉　なにこれ⁉」

「え⁉　わ、私のは結構硬いですけど、甘くて美味しいんですよ⁉」

「ん」

「ナーフィのそれ、何⁉　なんか中から白いの出てきてるわよ⁉」

「それは生クリームだな。ケーキとかは分かるか？　それが中に入っているんだよ」

俺がぼそりと解説すると、皆目を輝かせていた。

「ちょ、ちょっとアンナとナーフィの一口ちょうだい！」

「わ、私も二人の少しもらってもいいですか？」

「ん」

それぞれ、交換しながら食べていく。

……うん、仲良いな。

なんだか、美少女三人がこうしているのを眺めているだけで俺としては心が穏やかになる。

……まあ、実際は甘いもの漬けで俺に依存させているところなんだがな。

三人が交換しながら食べ終えていたので、また新しいドーナツを召喚しておくと、すかさず食べていく。

「こ、こっちは中からチョコレートが出てきたわ⁉」

「こ、これはまた違う甘さがあります……っ！」

「ん」

……三人とも。

食べる速度が相変わらず異常だ。もしもこれをすべて現金で購入していたらと考えると、確かに俺にエルフの奴隷を持つことはできなかっただろう。

召喚魔法によって俺にこの力を与えてくれた術者には感謝しかない。

……そうなんだよな。

召喚魔法は、召喚したものに特殊な力を与えられる。

……それは、よくよく考えれば俺たちの勇者召喚を見ても明らかだ。

いずれ、俺の召喚魔法もその領域に到達できるのだろうか？

あるいは、今も使用する魔力を多くすればそういったことが可能なのだろうか。

例えば、武器にエンチャントのようなものができるのか、とかだ。

ハンドガンをより強いハンドガンとして召喚してみるなどだ。

アサルトライフルやスナイパーライフル、ロケットランチャーといった武器を召喚するとして、どこかでもしかしたら魔物を突破できなくなるときがあるかもしれない。

そうなったとき、俺の召喚魔法でできることといえば、強化したものを召喚することだろう。

あとで、いろいろと試してみたいのだが、もう少し魔力に余裕がないとなぁ。

せめて、まずはアサルトライフルが欲しい。あれがあれば、ハンドガンよりも明らかに討伐が簡単になるはずだ。

栄養補給を終えた俺たちは、早速森の中で魔物を狩っていく。

「……今、体がめちゃくちゃ軽いわ」

そう言って、リアはその場でぴょんぴょんと跳ねている。

……リアもなかなかな物をお持ちなので、あまりそうやって動かないでほしいものだ。

「だからって、むちゃとかはしないようにな」

「ええ、もちろんよ」

俺はあまりそちらを見ないようにしながら、それだけを伝えておく。

ゴブリン……ここにも結構いるんだな。

ハンドガンを使って、確実に頭を撃ち抜いて仕留めていく。

俺たちの戦いの音に釣られるようにして、ゴブリンの群れが襲ってくるが、リアたちがさくっと倒していった。

ゴブリン相手なら、ハンドガンで十分なので、俺たちはハンドガンで戦っていく。

倒したゴブリンたちはすべて収納魔法にしまっていく。

「ゴブリンって繁殖の速度早いのか？　めちゃくちゃ多くないか？」

「結構早いわね。どこかに巣とかあったら、もう最悪よ。小さな村くらい、すぐにつぶされちゃうわよ」

「……巣ごとつぶさないと、どんなに雑魚狩っても減らないよな」

「そうね。ただ、ゴブリンの巣とかはだいたい騎士とかが破壊するために動くわよ。たまに、忙しいとかで冒険者とかに依頼されることもあるけど、でも高ランクの冒険者とかね。魔法を使う個体や、統率しているゴブリンリーダーとかもいる可能性があるから、下手に手を出さないほうがいいのよ」

「……なるほどなぁ」

まあ別に、細かい管理はギルドや騎士たちが行うだろう。

俺たち末端の冒険者は、淡々と依頼にあることだけをすればいいのだ。

死体は漏れなく回収し、ゴブリンと戦っていくとアンナが地面に視線を向ける。

「どうしたんだ？」

「先ほどから地面を見て移動していたのですが、こちらの足跡は恐らくワイルドボアだと……思います」

「……」

え？　マジで？

俺もしゃがみ、土をじっとみる。

「これ、か？」

「それは私たちの足跡です。こちらですよ」

ふふ、と微笑《ほほえ》むアンナが指さしたのは、枯れ葉の間にあった足跡だ。

「はぁ……よく見てるわね、アンナ」

「そうだな……さすがだな、アンナは」

リアが感心したように声を上げ、ナーフィもふんふんと頷いている。

アンナは少し恥ずかしそうに、頭をかいていた。

「えへへ……私の故郷って、森の中で暮らしてて、日常的に狩りとかしてたから……教えられたんです」

いかん。

あまり過去のことを深く話をさせると、彼女が落ち込む可能性がある。

……スラムで暮らさなければならないような状況になった何かしらの理由があるわけなので、あまり深く話させないほうがいいだろう。

リアもそれを感じたようで、ちらとこちらを見てくる。

もちろん、分かってるとも。

「なるほどな。じゃあ、この足跡を追ってみるか。また見つけたら、教えてくれな」

「は、はい……！」

アンナが元気な声をあげ、頷いた。

俺たちはワイルドボアが向かっていったと思われる方へ歩いていく。

すると、より痕跡は大きくなっていく。途中にあった草木が踏みつけられ、木々などが折られている場所もある。

「ここで足跡が二つ。合流しているようですね」

「……二体で行動してるのか。面倒だな」

そうなると、ショットガンで狙うにしても厄介な可能性が高い。

もう一つ、召喚しておこうか？

しばらく進んでいったところで、ナーフィが片手をこちらに向けて制してきた。

それに合わせ、アンナが指さした。

「……いました」

小さな声で囁《ささや》いてきたアンナが指さした先には、確かにでかい猪《イノシシ》がいた。

全長二メートルほどだろうか？　四つの立派な足で立っていたワイルドボアたちは、何かの死体を食っている。

……たぶん、ゴブリンだ。あの貧相な体のどこに栄養があるのだろうか？

仮に、俺がワイルドボアになってもあれは食いたくないね。

「どうしましょうか」

耳元で囁いてくるアンナに、少しドキドキする。あんまり耳の近くで息を吹きかけないでほしいものだ。

ただ、嬉《うれ》しさもある。アンナが俺に慣れてきたということもであるからな。

「新アイテムを試してみようと思う」

「新アイテム？　何よそれ？」

首を傾げたリアたちに、イヤーマフとゴーグルを渡す。

これはどちらも戦闘用で使うものだ。もともと、射撃のときの音が気になるので召喚自体はしていたのだが、防音性能が高くずっとつけておくのは戦闘中では危険なので使っていなかった。

そして、召喚したのは閃光手榴弾《せんこうしゅりゅうだん》だ。

「これ、閃光手榴弾って言ってな」

「せんこうしゅりゅうだん？」

「閃光手榴弾は……強烈な光と音を出すんだ。これであいつらの目と耳を封じられれば、ショットガンを当てやすいと思ってな」

「……なるほど。それなら、さくっと一体はやれそうね。じゃあ、あたしたちは周囲の警戒をしてればいいかしら？」

「ああ。俺が目をつぶしたら、ナーフィはショットガンを一体にぶっ放して仕留めてくれ」

「ん」

俺がそう指示をだし、リアとアンナはハンドガンを準備し、周囲の警戒にあたる。

これが成功すれば、比較的楽に戦闘できるのではないか、という考えだ。

あ、あと……俺の召喚魔法が便利、ということを改めてアピールするためでもある。

早速イヤーマフとゴーグルを装備した俺たちは、閃光手榴弾のピンを抜いてワイルドボアの方へと投げつける。

問題なくワイルドボアたちの近くに落ちる。すると、気になったのかすぐにワイルドボアが視線を向け不思議そうにしていた。

「……？」

その瞬間、閃光手榴弾が発動した。

「ぶも⁉」

「ぶもおお⁉」

驚いたような声が上がった次の瞬間には、ナーフィが即座にダッシュする。

ワイルドボアたちはその場で蹲《うずくま》るようにして、体を震わせている。チャンスだ。

耳もダメになっているようで、ナーフィの接近にも全く気付いていない。

ナーフィは慣れた動きでショットガンを構えてぶっ放す。

「があああ⁉」

一撃で足りなかったのでもう一発。

二発で沈んだので、もう一体にも同じようにぶっ放して仕留めていった。

ナーフィはワイルドボアをじっと見てから、くるりと振り返る。

……あっさり、だったな。

実際のところ、閃光手榴弾が魔物たちにどの程度効くかは分からなかったが、効果覿面《てきめん》だったな。

俺たちはゴーグルとイヤーマフを外し、ワイルドボアの死体へと近づく。

「バッチリだったわね。ここまで安全に狩れるのなんて珍しいわよ」

「はい……ご主人様の作戦通りでした」

「……作戦通りいってよかったよ。取りあえず、ここは移動しよう。ナーフィも、よくやってくれたな」

「ん」

撫《な》でろ、とばかりに頭を向けてきたので頭を撫でてあげる。リアとアンナも同じように撫でると、ナーフィはとてもご満悦といった表情になる。

さっきの戦闘音とゴブリンの死体の臭いもあるし、他の魔物が寄ってくる可能性がある。

ワイルドボアたちの死体を回収し、俺たちは一度そこを離れて水分補給だ。

リアたちは、栄養補給……ハンバーガーだ。嬉しそうに両手でハンバーガーを持つ姿は至って普通だが、笑顔で食べるたび胸元《むなもと》が揺れる。

一時期流行《はや》っていた、タピオカチャレンジとかもできるのではないだろうか？

……今度、俺の世界の飲み方だ！　とかいってやらせてみるか？

セクハラご主人様として、罪に罰せられるとかないだろうか？

そんなことを考えながら、歩いていく。

「取りあえず、またワイルドボアを探しつつ、ゴブリン狩りをしていくから……魔物の痕跡と

か見つかったら教えてくれ」

「分かったわ」

魔物の索敵に便利な道具でもあればいいんだけどな。

ドローンでも飛ばして、周囲を見てみるのもいいかもしれないが……俺が操作できるかどうか不安だ。

失敗して、ご主人様への評価が下がるようなことはしたくない。

結局、今のところはこの方法で魔物を探していくのが一番か。

それから、さらにワイルドボアを四体ほど仕留めた。

毎回、閃光手榴弾作戦がうまくいったので、討伐に問題はなかった。


そんなこんなで午後になり、一度街へと戻り、解体場へと向かう。

俺たちのゴブリンを解体してくれた男性職員が、気さくに片手を上げてきた。

「おう、兄ちゃん。終わってんぞ。解体は討伐証明部位以外はこっちが買い取っていいんだよな？」

「ああ、大丈夫だ」

「んじゃあ、これがそれだ。ゴブリンの右耳が討伐証明部位だからな」

彼が大きな袋をこちらに差し出してくる。

それを受け取り、興味本位で見てからすぐに閉じた。見なければよかった。たくさんあった耳を思い出し、少し鳥肌が立ってしまった。

「んでこっちが、買い取りの金額だ。全部で銀貨十枚だ」

「……そうか」

「まあ、ゴブリンだとそんなに高値はつかないからな。気にすんなよ」

別に落ち込んでいるわけではないのだが、慰めるように肩を叩《たた》いてくる。

それでも、これがあれば数日は暮らせるんだよなぁ、とか考えていただけだ。

「そうだった。今日は北の森でゴブリンとワイルドボアを仕留めてきたんだ。そっちの解体を頼んでもいいか？」

「ん？　ワイルドボアだって⁉」

驚いたように声を上げる彼に、俺は小さく頷いた。

あれ？　なにかまずったか？　実はこの辺りの神聖な魔物で討伐してはいけないとか？

いや、だったらそもそも討伐依頼も出してないよな。

「おいおい、怪我《けが》してねぇのか？　Gランク冒険者だよな⁉」

……なんだ、俺の体を心配していたのか。

確かに、Gランク冒険者が挑んだら心配もするか。

「大丈夫だ。元々依頼は受けてなかっただけで、それなりに冒険者活動はしてきたからな」

「……にしちゃあ、ゴブリンの解体もできないのか？」

……そこ突っ込まないでほしいわ。

「解体に時間をかけるより、魔物を倒していた方が楽しいだろ？」

この誤魔化《ごまか》し方は、どうだ？

「……なるほどな。兄ちゃん、戦闘狂かい。たまにいるんだよな、そういう奴いるのか。

どうやらひとまず納得してくれたようで、また奥の部屋へと案内される。

取りあえず、アイテムボックスに入れていたゴブリンとワイルドボアを取り出していくと。

「……おいおい、六体も倒したってまじか」

「たまたまな。こいつらの討伐証明部位だけ先に解体してもらうことってできるか？」

「おう、了解だ。それなら対して時間かからないぜ」

「……さっきの袋に入れてくれ」

俺はゴブリンの耳がたくさん入った袋を渡し、男性はすぐに解体用のナイフを手に持った。

「これ全部つっても、三十分もありゃ終わるから。ちょっと外で待っててくれ」

「分かった」

かなり分厚い包丁だ。それを巧みに使って作業を開始したので、俺たちは一度外に出る。

そこで軽く食事休憩をしていると、すぐに男性が戻ってきた。

先ほどの袋をこちらに渡してきて、にこりと笑みを浮かべる。エプロンみたいなのに返り血をつけながらそんな爽やかに笑われても怖いんだが。

「ほらよ。これで冒険者ランクでもあげてきな。たぶん、EかDランクくらいまで上がるはずだぜ」

「……そんなにか？」

「ワイルドボアを狩れるって奴をわざわざ低ランクにしておく理由がないからな。Dランクともなれば一流冒険者だぜ？」

冒険者のみで生計を立てられるのが、一流冒険者と呼ばれるらしい。それが、Dランクなのか？

男性が討伐証明部位がゴロゴロと入った袋を渡してくる。

あまり手では持っていたくなかったのですぐにアイテムボックスにしまう。

リアたちとともにギルドへと向かいながら、問いかける。

「……Dランクで一流なのか？」

「冒険者活動だけで生活できる冒険者が一流って言われてるのよ。で、そのラインがDランクね。Dランク冒険者なら、パーティを組んで戦っても稼ぎはまあまあるしね」

なるほどな。

「Dランクから上のランクの冒険者もいるんだよな?」

「いるけどやっぱり、圧倒的にDランク冒険者が多いわね。ここから先のランクは、ギルド側の試験を突破しないとだから、昇格が大変なのよね。もちろん箔《はく》がつくけど、まあDランクまであればだいたいの依頼は受けられるから必要ないって声もあるわね」

「……まあ、なんか大変そうだな」

なるほどな。

Cランク以上は無理に目指す必要はない、趣味の領域なんだろうなぁ。

俺としても、レベル上げに困らない程度までランクをあげられれば問題ないと思っているので、ひとまずはDランクくらいあればいいだろう。

解体してもらったゴブリンとワイルドボアの耳をギルドに届け、さらに薬草の納品も行ったら無事Dランク冒険者になれた。

それもこれも、すべては地球の武器たちのおかげだ。特に、リアたち三人だ。

彼女たちがいなければ今頃《いまごろ》俺はまだまだGランク冒険者として細々《ほそぼそ》とゴブリンを倒していたことだろう。

それはそれで、その生活も悪くはないかもしれないが、今の生活の方が胸を張って楽しいと言えるだろう。

取りあえず、次からはDランク迷宮に挑みたいので、南の村行きの馬車の護衛依頼を探していく。

護衛依頼がお勧めされた理由は、やはり馬車に乗せてもらえるからだ。

南の村……ストントン村はそこまで大きくないらしく、わざわざそこに向けての馬車はない。

なので、行くとしたら徒歩か自前で馬車を用意するしかない。

徒歩だと、いろいろ大変らしい。野営をしなければならないし、それに関しての見張りも必要になる。

別に野営はアイテムボックスでいくらでも凌《しの》げると思うが、夜の見張りは四人でやるとなると少し不安だ。

徒歩だと数日はかかるらしいし、やはり乗り物がほしい。

今のところは護衛依頼がなかったので、受付に要望だけを伝えておいて、宿に戻る。

要望を伝えておけば、そういった依頼が出た時にギルド側としても助かるそうだ。

そんなこんなでしばらく魔物狩りをしつつ、休日だったので、三人に休みを与えたりして過ごしていく。

第五章 依頼

そんなこんなで休み明けの月曜日。いやまあ、実際はなんたらの日、というらしいが俺《おれ》が勝手に月曜日と呼んでいる。スマホを見れば、日本は月曜日だしな。

いつものように、討伐証明部位を持ってギルドへと向かうと、ギルド職員が慌てた様子で声をかけてきた。

「よかった！　ちょうどこれからシドーさんを呼びに行こうと思っていたんですよ！」

「どうしたんだ？　もしかして、護衛の依頼が出されたのか？」

俺がギルドから呼び出しを受けるとしたら、それくらいだろう。

しかし、ギルド職員の表情は少し変わる。

「少し違うのですが……ストントン村の方から依頼が出されまして。今、村近くにゴブリンが現れたようでして……村の警備をしてほしいそうなんです」

「ゴブリン……？　そんなに警備が必要なほどにいるのか？」

確かに、厄介な魔物だ。俺だって、素手で挑んでくれ、と言われたら困るような相手だが、わざわざ依頼が出されるほどなのだろうか？

「……そうですね。ここ最近増えていたゴブリンたちの中から、どうやらリーダーに進化した個体が出てきてしまったようでして……そいつらが村周辺で目撃されているようです。万が一、他にも進化している個体がいた場合、恐らくかなりの脅威になってくると思います……」

北の森でもかなりのゴブリンがいたが、南側にもいるのか。

……いや、その中間地点あたりにゴブリンの巣があり、そこから餌でも探しにあちこちにゴブリンが現れているのかもしれない。

どちらにせよ、数が多いとなると面倒そうだな。

「……村の警備か。ただ、俺たちは迷宮に入りたいんだが……」

「はい。それは分かっていますので、あくまで数日になります。現在、騎士の方たちもゴブリンの巣を探して動いていますので、その間だけ村を守っていただければと思っています」

それなら、確かにそれほど拘束されるわけではないか。

「警備の依頼は俺たちだけなのか？」

「いえ、冒険者を集められるだけ募集しています。今日中には全員で馬車に乗って移動してもらうということなので、どうしましょうか？」

馬車を手配してくれるのなら、楽でいいな。それに冒険者がそれなりにいたら、一人当たりの仕事量も少なく済みそうだ。

「……そうだな。分かった。その依頼、受けようと思うけど、皆いいか？」

俺の問いかけに、リアたちはこくりと頷《うなず》いてくれた。

よし、問題なさそうだな。

ギルド職員もほっとした様子で息を吐いていた。

「ありがとうございます」

取りあえず、これで依頼を無事完了できれば、Dランク迷宮での狩りも始められそうだな。

冒険者を集め次第出発するということで、取りあえず街にいる間にやるべきことをやっておく。

まずは昨日お願いしていた魔物の解体だ。

こちらはもう終わっていて、素材はすべて売却。

銀貨五十枚ほどになった。

ワイルドボアの素材が思っていたよりも需要があったようだ。

ゴブリンと比べると、肉なども食用として使われているらしいので、素材として買い取ってもらえる部分が多いようだ。

それから、念のためにと魔力回復薬などを購入して、俺たちの準備は完了となる。

一度、待ち合わせ場所へと向かうと、すでに数人の冒険者たちが集まっていた。

ギルド職員がいるところをみるに、ここで間違いなさそうだ。

俺もそちらへと向かうと、年齢の近そうな冒険者に声をかけられる。

「あっ、君ももしかしてストントン村の警備依頼を受ける冒険者？」

若い男性冒険者は最低限の身なりをした仲間を連れている。……奴隷、っぽいな。

ぱっと見で奴隷パーティなのかどうかは分かりづらいのだが、彼の場合はすぐに分かってしまった。

奴隷たちの服装が貧相だったからだ。

まあ、奴隷には最低限度の生活をさせればいいのだから、別に着飾った服とかを与える必要もなければ、食事をさせる必要もない。

これがむしろ普通なんだろう。……リアたちの着たい服とかを確認し、召喚している俺の方がおかしいんだよな。

思うところはあるが、おかしいのは俺なので、何も言うまい。

「そうだ。ここで待っている人たちも皆同じ依頼を受けているのか？」

「そうだよ。……ていうか、君が連れているエルフの人、なんだか可愛くていい奴隷だね」

そういえば、この世界の人たちは奴隷をすぐに判断できるんだったか。

「まあ、そうだな。大切な仲間だよ」

リアたちは、前以上に人目を集めることが増えている。

この前の休日なんかは、街中で声をかけられることもあった、とリアは話していたしな。

確かに、最近の三人は前よりも可愛くなっているように見える。

食生活が改善し、シャンプーやリンス、化粧水とかを使っているからかもしれない？

こうしてみると、なんだかリアたちの周りだけ輝いて見えるな。

……その光に巻き込まれると、ご主人様の俺が見えなくなりそうだ。

リアたちが褒められるのは、ご主人様として誇らしい気分ではあるんだけど。

そんなことを考えながら、リアとともに待っていると、何やら皆が興奮した様子で話を始める。

「今回参加してくれるCランク冒険者がいるって聞いていたけど、まじなんだな……！」

「Cランク冒険者のジェニスさんだよな？」

「これなら、今回の依頼は簡単そうだなぁ」

Cランク冒険者も参加するんだな。

それって……ギルドは思っているよりも事態を重く受け止めているのか？

それとも、たまたま彼が暇だったから受けてくれたのだろうか？

事前に聞いていた話では、今回参加する冒険者は
E、Dランクが多くいるとは聞いていたが。
視線を向けると百九十センチくらいの大柄な男性がいた。結構渋い顔をしていて、大剣を背負っている。

鎧《よろい》と盾をみるに、パーティのタンク的な立場の人なのだろうか？

Cランク冒険者、といってもランクとしてみれば一つしか違わないのだが、皆の反応は随分と違う。

「CとDってそんなに違うものなのか？」

声を抑えるようにしててリアに問いかけると、小さく頷いた。

「まあね。Cランクに上がるには、昇格試験を受ける必要があるって言ったでしょ？　つまりまあ、ギルドにちゃんと実力が認められる必要があるってことなのよ」

「……だから、あんなに注目されているんだな」

「Dランクまではすんなり上がれても、Cランクにはなかなか上がれない人が多くいるのよ」

冒険者になった人たちの多くは、最高ランクを目指したいと思っているのかもしれないが、その最初の関門を突破したのがCランク冒険者ということか。

ただ、俺としてはそんな人がこの依頼に参加しているというのが少し不安だ。

Cランク冒険者が、せめて一人はいないとダメなような依頼なのだろうか？

しょせんはゴブリンだろう？　と思っていたが、もしかしたら、進化しているゴブリンの個体が結構いるとかじゃないだろうな……。

さらに少しして、参加予定のメンバー全員が集まった。

Cランク冒険者一人、Dランク冒険者十人、Eランク冒険者十四人だそうだ。

……思っていたよりも、大人数だ。

あれ？　俺の想像よりも大変な依頼なのでは？

「今回の最高ランクはオレだから……リーダーはオレが務める。それで、サブリーダーは……誰《だれ》に任せるか……」

基本的に、こういった場合のリーダーはランクの高い人が受けるようだ。

そして、そのリーダーがサブリーダーを指名する、というようだ。

リーダーとかそういうのはあまり好きじゃないので、俺たちは視線を外すようにしていたのだが、ジェニスがちらと俺の方を見てくる。

そして、微笑を浮かべた。

「君、どうだ？　やらないか？」

おい、目を逸《そ》らしてんだろ。

向こうでやりたがっているＤランクの人がいるんだからそっちにお願いしてくれればいいのに。

ただ、リアたちはどこか期待するような視線を向けてくる。

……こ、断りにくい。情けないご主人様の姿は見せたくない。

「……えーと、基本はジェニスがいろいろやってくれるのか？」

「ああ、そうだ。万が一がなければ何もすることはないから気にしないでくれ」

そういうフラグたてるのやめてもらっていいか？

「分かった。少しくらい報酬は増えるのか？」

「ああ。気持ち程度だがな。それじゃあ、お願いする。名前は？」

「シドーだ」

「分かった。それじゃあ、オレ……ジェニスがリーダーで、シドーがサブリーダー。そういうわけで、出発だ」

ジェニスが改めて全員にそう言って、俺たちは歩き出した。

取りあえず、南門近くにある馬車へと向かうらしい。

やりたがっていたDランク冒険者ががっくりと肩を落としていた。

それを見ながら、俺はジェニスの隣に並んで声をかけた。

「……俺より、向こうでやりたがっている奴《やつ》がいたんだけど、見えなかったのか？」

「見えていたから、君にしたんだ」

「もしかして……意地悪なのか？」

「そうじゃなくてな。……あいつ。オレに憧《あこが》れているように見えたんだよ」

……確かに、そうだな。

ジェニスのことを知っていたのか、あるいはCランク冒険者だからかは分からないが、かなり熱量のある表情をしていた。

「そういう奴をサブリーダーにすると、何かオレがおかしな判断をしたとしても指摘してくれない可能性があるだろ？　オレがリーダーを務めるときは、自分の意見に合わなそうな奴にするんだ」

にこりと微笑《ほほえ》んできたが、それってつまり俺と息は合わないってことだろ？

確かに、彼のような堂々としたタイプは苦手なので、ジェニスの言うことは正しいかもしれない。

「思ったことがあれば、すぐに言ってくれ」

とん、と大きな手で背中を叩《たた》かれ、俺は取りあえず頷いておいた。

ただまあ、確かにジェニスの言うことは正しいな。

俺は歩くペースを変え、スタスタとリアの横に並ぶ。

「……というわけで、リアも何かあったら奴隷とか関係なく言ってくれよ」

「あたしは普通に言うから大丈夫よ」

「お、お手柔らかにな？」

「それは知らないわよー」

……あんまり心に突き刺さることを言われると、それはそれでメンタルに響くんだよな。

リアは揶揄《からか》うように笑っていた。

用意されていた大きめの馬車へと乗り込んでいく。

馬車は二台だ。

御者はギルド側で用意してくれているようだ。

すでにどちらの馬車の御者台に、それぞれ男性と女性が乗っている。

「シドーはもう一つの馬車に乗ってくれ。何かあった時の指示は任せる」

「おい、早速仕事あるじゃないか」

「安心しろ。オレたちの馬車と逸《そ》れてしまった場合だけだ。Dランク冒険者二人とEランク冒険者十人はこっちに乗ってくれ。残りは、シドーの方だ」

ジェニスは爽《さわ》やかな微笑を浮かべる。……ああ、引き受けなければよかったぜ。

ただ、戦力に関してはこちらのほうが平均値は高そうだ。

俺たちのほうはDランク八人、Eランク四人という編成だ。

管理は大変かもしれないが戦闘能力に関しては確実にこちらの方が上だよな。

ジェニスも馬車へと乗り込んだところで、俺も乗り遅れがないのを確認してから、馬車へと乗った。

馬車の中には、いくつかの箱も入っている。たぶんだが、村に届けるための物資とかだろう。

「それじゃあ、出発しますよー」

女性の御者がそう言ったところで、馬が鳴き声をあげて馬車が動き出した。

……めっちゃ揺れるな。思っていた以上にがたがたと揺れるもんだ。

車、くらいの感覚でいたので……これは酷《ひど》い。

移動中はラノベでも読みながら過ごそうかと思ったが、尻《しり》も痛いので座布団を召喚して、敷いておく。

今召喚できる中でもかなりいいものを召喚したので、尻の痛みは軽減されたな。リアたちにも貸し出してやっていると、他の冒険者たちが興味深そうに見てきた。

「それ、なに？」

「座布団だ。知らないか？」

「知ってはいるけど、わざわざ持っている人は珍しいね」

「使ってみるか？」

別に一緒に旅をしている間くらいはいいだろう。それに、疲れが溜《た》まって全力を出せないとかなると、俺の仕事が増えるかもしれんし。

「……い、いいの？」

「ああ、まだあるからな」

正確に言えばないのだが、収納魔法の中に召喚すればいい。

さらに人数分召喚して渡してやると、皆その触感に驚いた様子だ。

「これ……とてもふわふわ⁉」

「何の魔物の羽毛を使っているんですか⁉」

……いや、羽毛ではなかったと思うが。

召喚しただけで、原材料は分からん。

「なんだったか……どこかの商店で買ったものだからな」

誤魔化《ごまか》しておく。

「……わあ！　これ、全然お尻への負担違うね⁉」

「ていうか、収納魔法、かなり入るんだね……うらやましいなぁ……」

「よく言われるな」

皆感動した様子で尻に敷いている。……それは良かった。

冒険者たちからの嬉《うれ》しそうな声を受け、どこかリアたちも誇らしげである。

道中、俺たちはいろいろと情報交換をしていく。

……ストントン村までは馬車で一日くらいはかかるらしい。

馬車が結構荷物を積んでいるのもあって、移動がそれほど早くないのも理由の一つだ。

普通の人の収納魔法には制限があるので、物資を運ぶ時は結局馬車などが必要になるらしい。

……俺が勇者であることを隠していなければいくらでも協力できるんだけど、それを公開するメリットは俺にはないので、申し訳ないが何も言ってはいない。

旅は長いので、ひとまず途中で野営を行い、次の日に到着するのが目標だ。

野営はあんまりしたくないんだよな、外で寝るということにちょっと不安。

ぼんやりとそんなことを話しながら考えていると、

「ゴブリンたちだ！　戦闘準備を整えてくれ！」

馬車の先にゴブリンの群れが出現したようで、そんな声が聞こえてきた。

「分かった」

返事をすると、すぐに馬車は止まり俺たちは馬車から降りる。ジェニスたちの方も同じような感じだ。

それから、戦闘は始まるのだが……ちらと見てみるとジェニスは指示を出し、周囲を警戒している。

なので、俺も同じように指示を出しながら、たまにハンドガンで援護するくらいで戦ってみる。

「え……⁉」

俺がハンドガンで敵を射抜いた瞬間、周囲から驚いたような声と視線が集まった。

……ま、まあ、そうか。この世界にはない武器だしな。

あっさりと戦闘が終わったところで、ジェニスが驚いた様子で近づいてきた。

「シドーたちのその武器はなんというんだ？　凄《すさ》まじい威力だな……」

やはり、ハンドガンは注目されるようでジェニスが感心したように聞いてくる。

「これは俺の魔法で作り出した魔道具でな。魔力を込めた弾を放てるんだ」

ほぼ嘘《うそ》であるが、納得してくれる理由としては問題ないだろう。

すべての魔法が把握されているわけではないようだし、このくらいの嘘なら大丈夫だろう、とはリアからもお墨付きを頂いているしな。

リアたちもこくこくと俺の意見を肯定するように頷いてくれている。

「そ、そんな魔法があるんだな……。遠距離攻撃で、ゴブリンを一撃で仕留められるなんて非常に強力だな。弓でも上手《うま》く狙《ねら》わなければ倒せないのに」

「威力は弓よりも高いと思うな。まあ、援護は任せてくれ」

「……頼もしいな。任せるぞ」

ジェニスとそんな話をしていると、ゴブリンとの戦闘も終了する。

戦いを終えたジェニスはゴブリンたちに違和感はなかったか？」

「シドー、ゴブリンたちに違和感はなかったか？」

「いろんな武器を使ってたな」

今までのゴブリンは、武器を持たない個体も多かったし、持っていても太い木の棒とかだった。

なのに、今回戦ったのは、皆石斧《せきふ》や木の槍《やり》など、少々加工されたものを使っていた。

おまけに、人間のように連携していて、後衛にいたゴブリンが石を投げるなどしてきていた。

「そうだね……たぶんだが、進化した個体なんだろう。……規模はかなりあるようだし、早めに騎士団がゴブリンの巣を破壊してくれないと面倒なことになりそうだ」

今も、騎士団がゴブリンの巣を破壊して回っているらしい。

だからまあ、俺たちはそれが終わるまでの間、村の警備を行うのだ。

それから、一週間程度、馬車は滞在してくれるそうなので、任務が終わってからDランク迷宮に挑戦する期間もある。

「そうだな。まあ、そっちは騎士団に任せて、俺たちは防衛に尽力すればいいんだろ？」

「……そうだね」

俺が聞いた話ではそうだったのだが、何か思うことがあるのか、ジェニスの思案する表情は変わらなかった。

馬車へと戻ると、先ほどの戦闘についての話がされていた。

「シドーたち、めっちゃ強かったな！」

Dランク冒険者のストガイが笑顔とともに声をかけてきた。

……ジェニスに憧れていた様子の彼は初めこそ俺を恨めしそうに見ていたのだが、今はもうそんな様子はない。

戦闘で力を示せたからだろうか。

「ストガイもゴブリンを吹っ飛ばしてて凄かったな。ジェニスみたいな冒険者に憧れてるのか？」

「……へへ、まあな。オレ、体格もいいし、パワーもあるだろ？　だからまあ、タイプにてるだろ？　だから……サブリーダーやりたかったんだよなぁ」

がくりと肩を落としているストガイ。変な嫉妬《しっと》をされたくないので、ジェニスの考えも話しておくか。

「ジェニスは自分と似た考えを持っている人をサブリーダーにしたくなかっただけみたいだぞ?」

「え?　どういうことだ?」

「もしも、自分の判断が間違った時に指摘できる人間をサブリーダーにしたいそうだ」

「……なるほど。確かに、そうだな……さすがジェニスさん」

「まあ、だからあんまり気にしなくていいと思うぞ。別に嫌いだからとかじゃないだろうし。それに、サブリーダーじゃなければ、自由に動けるんだし、ジェニスをよく観察していたらいいんじゃないか?」

「そうだな!　前向きに考えるよ」

取りあえず、これで俺に対して敵意を向けられることもないだろう。

安堵《あんど》の息を吐いていると、リアが声をかけてきた。

「……あんたって、人と接するの得意よね?」

「……そうでもないけどな。たまたま、相性が良かったんだと思うぞ」

むしろ、苦手だと思っているんだけど。

クラスでも基本ぼっちだったしな。友人ができたのは、こっちにきてからだし。

今頃《いまごろ》、クラスメートたちはどうしているのだろうか。無事であればいいのだが。

それからしばらく問題なく馬車は進んでいき、夕方になったところで馬車が止まった。

ジェニスが馬車から降りてきて、俺たちもそれに続く。

「それじゃあ、目標地点に到着したから、今夜はここで野営にするぞ！」

ジェニスの元気な声が響き、俺たちはすぐに野営の準備を開始する。

まずは火だが……これは火魔法を使える人が準備してくれた。

俺もライターとかは用意していたので、いつでも協力する準備はできていたが不要そうだ。

あとは二人ずつ程度で見張りについて、皆が仮眠をとって夜を過ごし、空が明るくなったら出発する……という感じだ。

食事はそれぞれ持ってきていたものを食べていくというわけで、俺たちも準備していたハンバーガーを取り出して食べていく。

ただし、今回はいつものようにカラフルな包装は外して、保存容器に入れてある。

……いつものように、マッグドナルドからそのまま持ってきました、というのは目立つからな。

「「いただきます……！」」

「ん」

リアとアンナはそう言って、すぐに食べ始めた。

ナーフィも両手を合わせると、パクパクと食べていく。

……相変わらずの速度だ。

三人とも、それはもう幸せそうな笑顔で、ハンバーガーを食べている。

毎日、とまではいかなくても結構な頻度で食事をしているので飽きてくるのではないかと危惧していたが、今のところそんな様子はない。

ポテトフライも召喚しているのだが、それも美味《お い》しそうに食べていく。

俺も一緒に食べていくと、ジェニスがちらとこちらを見てきた。

「そ、それはなんだ？」

……目立たないようにはしていたが、まあ注目されるか。

「俺の両親がよく作ってくれたハンバーガーだ。……食べてみるか？」

「……い、いいのか？」

「ああ。亜人の子たちのためにも、結構用意してきているからな」

アイテムボックスからビッグマッグを取り出し、皿に載せてからジェニスのほうに差し出す。

食事くらいで目立つようなことは少ないだろう。これを使って商売でもしたらラフォーン王国にまで届くかもしれないが。

ジェニスは俺たちの食べ方を見ながら、見よう見まねでビッグマッグにかぶりついた。

そして、目を見開き、満面の笑顔を浮かべる。

「う、うまい……⁉　なんだこれは……！　柔らかいパンに肉もとろけるようだ……！」

「それは良かった」

「え？　……それそんなに美味《おい》しいのか？」

「……美味しそう」

……俺たちの様子を見て、他の冒険者たちも集まってきた。

おいおい、皆期待するように見てきてるな。ここでジェニスにだけあげて、他の人にあげないというのはいろいろ不満が出るだろう。

こちらをじっと見てきた彼らへ、皿を用意してハンバーガーを渡していく。

「ほら、食っていいぞ」

そういうと彼らは顔を見合わせてから、興奮した様子で食べ始めた。

「え⁉　何これ⁉」

「うお⁉　めちゃくちゃうまい⁉」

「え、これチーズ入ってるの⁉」

「うえ⁉　食べちゃっていいの⁉」

「ああ、大丈夫だ」

冒険者たちはバクバクと食べていくが、それでも人間の冒険者はそこまで食事量は多くない。

今回は、リアたち以外他種族はいないので、別に大した量にはならないが……まあそれでも一人三つくらいハンバーガーを食べていったよ……。

「……いやぁ、うまかったよ。ありがとう」

「こんなうまいもん食べたら……もう普通の食事に戻るのがきついな……」

ジェニスや他の冒険者たちがそんな話をしている。

……まあ、それは俺も同意だ。この世界の食事は王城で何度か食べていたが、王城での食事のレベルでなんとか及第点という感じだったからな。

この世界の安い食事なんて、申し訳ないが全く俺には満足できないだろう。

「ジェニスが一番食ってたな」

体が大きいからなのか、その見た目通り食欲もあるようでハンバーガーを五つ食べていた。

リアたちは十個を超えていたので、別にそんなに驚きはなかったけど。

俺の指摘にジェニスは頬《ほお》をかいていた。

「す、すまん。そのお詫《わ》びじゃないが、夜の見張りはオレたちでやるから、四人はゆっくり休んでくれ」

「そうか？　それは助かるよ」

夜はゆっくり眠りたかったからな。

食事を終えた俺は、ブルーシートを敷く。

そして、今回はそれだけではない。

そこにマットレスを敷いた。あまり値段の高い質の良いものは召喚できなかったが、安価なものであれば問題なく召喚できた。

安価なものでも、この世界基準だとふかふかなので、四人とも喜んでいる。

あとは布団《ふとん》を用意し、枕《まくら》も準備すれば寝床の完成だ。

それを合計四つ。正方形になるように並べておいた。

あとは、テントでも準備すればいいのかもしれないが、それはさすがに目立つので今回はパスだ。

この世界にも簡素なものならあるかもしれないので、物を選べば納得してもらえるかもしれないが……まあ、別にそこまではしなくていいか。

俺たちが寝床へ向かうと、リアが困ったようにこちらを見てきた。

「どうした？」

「いや、シドー様のおかげで夜の晩をしなくていいって言われたけど……あたしたちは何もしていないし、って思っちゃってね」

「別にいいんじゃないか？　奴隷の手柄はご主人様の手柄でもあって、その逆もあるってことだろ？　それに……今日の戦闘を見た感じ、俺たちとジェニスが万全の状態で動けるようにしておいた方が良さそうだしな」

戦闘を見た限り、多くの冒険者が魔法などを持たず、武器での戦闘を行っている。それは俺たちも同じなのだが、俺たちの武器は敵を一撃で葬り去る力がある。

ジェニス以外は、そこまで強くなかったので……俺たちが休めるならその方がいいだろう。

リアもその状況を思い出したようで、ひとまず納得したようだ。

「……そうね。戦闘の時に皆を助けられるようにすればいいわよね」

「そういうことだ。そういうわけで、おやすみな」

俺が声をかけると、アンナがぺこりと頭を下げる。

「はい。おやすみなさい、ご主人様」

「ん」

目を閉じ、布団を被《かぶ》る。

……初めは風の音や焚《た》き火の燃える音が響き、少し気になっていた。

なので、耳栓を召喚し、それを耳につけて眠る。

何かあったら大変かもしれないが、そこはジェニスたちを信じようじゃないか。

体を揺さぶられ、目を開けるとジェニスがいた。

……何か話しているようだが、よく聞こえない。俺は耳栓を外すと、ジェニスが首を傾《かし》げてきた。

「何を入れていたんだ？」

「耳栓だ。もう出発か？」

夜は冒険者同士で話をしていたので、耳栓をつけて眠っていた。

冒険者としてはダメかもしれないが、寝られるときに寝ておかないとな。

隣には、ナーフィがいた。おい、せっかく用意したのに使ってないのかい。

空を見ると、わずかに明るくなってきている。少し肌寒いので、この時間は長袖《ながそで》にした方がいいかも。ナーフィのおかげで、寒くはないのだが……。もしかしたらナーフィもいつも寒くて潜り込んできているのかもしれない。

「日が出たからな、出発だ」

「分かった」

リアとアンナもすでに起きていて、ナーフィを引き剝《は》がしてくれた。

用意しておいたマットレスなどをすべて収納魔法にしまい、すぐに馬車へと向かった。

馬車では同じように仮眠をとっていた人たちもいるようで、どこかまだ眠たそうにしている。

リアたちはお腹《なか》が空き始めたようだ。リアとアンナは自分でおにぎりを取り出して食べている。ナーフィは俺にものを要求してくる。たぶん、おにぎりじゃないだろうか？

彼女のために召喚したものを渡すと、食べ始めた。

俺も軽めにおにぎりを食べながら、出発の準備を手伝っていく。

その間に、冒険者たちが俺たちのおにぎりを見て、気になったようでちょっと配ってやる。

「……こ、これもうまいな⁉」

「まじで……シドーさん、料理の天才じゃねぇか……！」

すまん。それに関しては完全にお店のものだ。全国のコンビニに感謝してくれ。

すぐに出発の準備は整い、村へ向けて馬車が動き出す。

出発自体は問題なく、こっちの馬車では朝食をとり始めていく。

さっき食べていた冒険者たちも、まだ食べたそうにこちらを見てくるので、再びおにぎりパーティ開催だ。

まあ食べた分、たっぷり働いてもらおうじゃないか。

……それからしばらくしてゴブリンと遭遇して、戦闘が始まるのだが。

「ん？」

「いつもより、調子いいかもな」

「あっ、私も！」

そんなこんなでゴブリンたち相手に圧倒していくこちらの馬車の人々。

俺の方にいる冒険者たちのランクが高いのはそうなのだが……それ以上に皆の動きが機敏だ。

そ、そういえば、このバフ効果もあったな。

「……やっぱり、シドー様の食事に効果あるみたいね」

「だな」

俺にとってはあまり自覚なかったので、すっかり忘れていたぜ。

冒険者の人たちが嬉しそうに食事をしているものだから、ついついいろいろあげていたけど……あんまり気軽にあげるのもよくないのかもしれない。

そんなことを考えていると、奥の方からゴブリンたちが盾を持って突っ込んでくる。

盾、といっても木の盾だ。冒険者たちからいくつかの矢が飛ぶのだが、ゴブリンたちは盾で受け止めながら突っ込んでくる。

「あいつらは、あたしたちでやったほうがいいわね」

リアがそう言って、即座にハンドガンを構える。

アンナとナーフィも動きが早い。俺はハンドガンを構えながら様子を見る。あくまで、出遅れたといった感じを出すのではなく、周囲の警戒をしているように振る舞い、誤魔化《ごまか》す。

こちらを警戒して盾を構えていたゴブリンたちだが、俺たちの弾丸を止められるということはなく、あっさりと貫いた。

少し軌道は変わったのかもしれないが、一撃だ。そうして、後続のゴブリンたちを倒していると、問題なく戦闘が終わった。

「やっぱ、援護すごいな……」

「盾ごと破壊って、威力やばいね……私の弓矢が悲しくなるよ……」

冒険者たちから、尊敬の声が聞こえてくる。

「向こうの戦闘も終わったみたいだな」

ストガイがちらとジェニスたちの方を見る。向こうの方がメンバーの平均能力が低いので苦労はしているだろう。

……今回は、食事効果もあったわけだしな。

ジェニスが出発の準備の指示を出しながら、こちらにやってくる。

「キリがないね」

「そうだな。それに、ゴブリンたちの質も上がっているみたいだし……これが数の暴力で村を襲ってきたら面倒だぞ？」

「そうだね。ただ、村にも冒険者たちはいるからね。なんとかなるとは思うよ」

そうなのかねぇ。

まあ、取りあえず騎士団には早いところゴブリンの巣を破壊してほしいものだ。

再び馬車が走り出したところで、俺たちは皿にしいたポテチをつついていく。

「……これ、めちゃくちゃ美味しいですね」

「ジャガイモを使って作ったお菓子なんだけど、ジャガイモって知ってるか？」

「え？　ジャガイモがこれになるんですか⁉」

「……まあな」

ジャガイモはあるんだな。ということは作り方さえ教えればなんとかなるのかもしれないけど、油の問題があるか。

まあ、あんまり詳しい作り方は説明しない方がいいな。

食事をしているのは、今後の戦闘でも働いてもらうからだ。

ハンバーガーとかよりはバフ効果も弱いのかもしれないが、あったほうがいいだろう。

「……いやぁ、まさか旅をしながらこんなに美味しい食事に巡り会えるなんて」

「……うらやましいですね、リアさんたちが」

パクパクとポテチをつまんでいく彼らを見ながら、俺は御者の人にも差し入れを入れておく。

ここまでずっと働いてもらっているわけだからな。

そんなこんなで皆で仲良くゴブリンを狩りながら進んでいくと、村が見えてきた。

遠目ではあるが、村自体は問題なさそうだ。

村の入り口には警戒した様子で騎士のような人の姿も見える。……騎士と比べると装備品が貧相だ。自警団、とかだろうか？　まあ、鎧などなにもつけていない俺に貧相とは言われたくはないか。

無事馬車が到着し、俺たちが村へと降りるとジェニスがすぐに話を始める。

馬車に乗せていた救援物資も渡したところで、ジェニスがこちらを見てきた。

「村のギルドで、これからどうするかの打ち合わせをする。シドーもついてきてくれ」

「……了解。リアたちも連れて行っていいか？」

「ああ、大丈夫だ」

なんだかんだ、サブリーダーの仕事多いな。

とはいえ、基本的にはジェニスが対応してくれるので何もしてないと言えばそうなんだが。

村のギルドを目指して、歩いていくのだが……やはり、村の状態はあまり良くないな。

村ですれ違う人たちの顔は疲れている。

ゴブリンたちがどのように村へ危害を加えているかは分からないが、大変そうなのは見て分かる。

村のギルドは、街のものに比べると随分とこぢんまりとしている。

まあ、そんなにギルドに訪れる人もいないだろうし、このくらいでも問題ないのだろう。

中は見た目通りに小さな造りだ。受付、依頼書が張り出される掲示板、冒険者たちが交流をとるためのテーブルとイスなどはあるのだが、どれも街のものと比べて規模、数が減っている。

受付の近くには、一人の年配の男性がいた。彼の視線がこちらへと向くと、わずかにほっとしたように見えた。

「良かった。ジェニスが来てくれたんだな」

「久しぶりだ、メルトロウさん」

ジェニスがそう言ってメルトロウという男性とハグをしている。こういうスキンシップが自然に取れる人たちは凄《すご》いと思う。

俺も今度リアたちにやってみようか。別に下心とかはなくな。

「シドー、彼はこの村のギルドリーダーでな。オレも昔指導してもらったことがあるんだ」

「ギルドリーダーを務めているメルトロウだ。到着して早速で悪いが、ジェニスにお願いしたいことがあってな」

「お願いしたいこと？」

「ああ。何人かの冒険者を連れて、ゴブリンリーダーたちを討伐してきてほしい」

メルトロウの言葉に、ジェニスはぴくりと眉尻《まゆじり》を上げる。

俺としても、ちょいと眉尻を上げたくなる話だ。そもそも、村の警備をするのが目的だったはずだ。

「どういうことだ？　リーダーはゴブリンの巣の方にいて、騎士団が対応するんじゃないのか？」

「それはそうなんだが……ゴブリンたちの総指揮を行っているのが、ゴブリンの巣にいるのは確かだ。ただ、さらにゴブリンたちはいくつかの部隊に分かれていてな。その部隊長のような奴らが連携してこの村を襲ってきているんだ」

「……ゴブリンたちが、そんな組織的に動いているのか？」

ジェニスはにわかには信じられない様子だったが、メルトロウは真剣な表情で頷いた。

……なんだか、思っていた以上に厄介な依頼を受けてしまったかもしれない。

「ゴブリンリーダーたちを仕留めれば、統率者を失ったゴブリンたちはさほど怖くはない。騎士団がゴブリンの巣を破壊するまでの時間を稼げるはずだ」

「……なるほどな。逆に、もしもゴブリンたちが攻め込んできたらまずいのか？」

「そうだな……。すでに何度か襲撃されていて、その際に結界魔法を起動してしまっていてな。燃料を持ってきてもらってはいたが、もう使用できる時間もあまりない。正直言って、厳しいだろうな」

「……そうか。ゴブリンリーダーはどのくらいいるんだ？」

結界魔法か。そういうのもあるんだな。燃料が必要ということは魔道具とかで魔法を使えるのだろうか？

今後も旅をすることを考えると、野営をする機会は増えるだろう。

その時に結界とか張れればいいなと思っていたが、どうなんだろうな。

「村を襲ってきた時に確認したが、全部で七体いたな」

「……七体もか」

「もともとは十体いたんだが、村に来た時に上手《うま》く狙って倒したんだ。そうしたら、リーダーを失ったゴブリンたちの動きが鈍ったから……全滅させられれば、しばらくは襲ってこないはずだ」

「場所は分かっているのか？」

「ああ、それも把握しているんだ。ただ、やはり数が多くてな。うまく奇襲できれば……なんとかなるかもしれないのだが」

「……数が多いとなると、さすがにオレでも難しいぞ」

相手がいくらゴブリンとはいえ、数で攻められると大変だ。

この作戦を行うには、隠密行動に長《た》けた人物の方がいいだろうし、それにジェニスはあまり向かないだろう。

「やはり、厳しいか……」

メルトロウは残念そうに息を吐く。ゴブリンリーダーを倒せなかった場合、村にまとめて襲いかかってくる可能性があるんだよな。

……そうなったら、俺たちも普通に死ぬ可能性があるよな。

今回の依頼、もしかしたら受けるべきではなかったかもしれない。

ジェニスは悩むような素振《そぶ》りを見せてから、メルトロウに問いかける。

「ゴブリンがどのくらいいるのか分かっているのか？」

「いや……ただ、かなりの数であることは間違いない」

「……それほどなのか。状況がまずいとは聞いていたが」

やっぱりある程度知っていたんだな。

だから、たかがゴブリン相手にジェニスが派遣されたり、ランクが比較的高い冒険者たちでパーティが編成されたりしているんだろう。

ゴブリンリーダーか……。

「ゴブリンリーダーたちは共に行動しているのか？」

俺が問いかけると、メルトロウは首を横に振った。

「いや……それぞれ別々には行動しているようだ」

「それなら、確固撃破していけばまだなんとかなるか」

「……だが、さっきも言ったがリーダーを守るゴブリンは多い。進化している個体もいて、正直言って少人数で攻めるには問題があるぞ？」

「……でも、ゴブリンリーダーくらいならまだなんとかなるかもしれない」

「何か作戦があるのかい？」

ジェニスの問いかけに、俺はゆっくりと頷いた。

「俺たちで狙撃して倒すつもりだ」

これまで使う機会はないだろうと思い、スナイパーライフルを召喚することはなかった。

ただ、状況が状況だ。

これなら、スナイパーライフルで狙撃した方がいいだろう。

「……そげき？」

メルトロウが眉根《まゆね》を寄せてくる。聞きなれない単語だったからだろう。

別にそれについて「スナイパーライフルという武器を使って――」と、丁寧に話をする必要はないだろう。

「遠距離魔法を使って、ゴブリンリーダーだけを殺すつもりだ」

「できるのか、そんなことが？」

メルトロウが訝《いぶか》しむように俺とジェニスへ視線を向ける。

「……問題ないのかい？」

「たぶん、な。事前に練習しておけば、おそらくは大丈夫だ」

スナイパーライフルを使ったことはないので、事前に使ってみないことには、どこまでの精度で射抜けるか分からないからな。

「……分かった。メルトロウさん。ゴブリンリーダーの場所について詳しく教えてくれ。シドーたちは、その練習を今行ってきてもらえるか？」

「ああ。分かった」

こくりと頷いてから、俺はリアとともにギルドを後にした。

村の外に出たところで、俺は早速スナイパーライフルを召喚するために魔力の準備を行う。

……ん？　魔力に関しては、思ったよりも多いな。

ここまで暇なく魔法を使い続けていたからだろうか？

勇者の成長って便利だな。

これなら、問題なく召喚できそうだ。

村の外へとつながる門へと向かうと、ストガイたちが門の近くに座っていた。

見張りを行っているそうだ。

「あれ、シドーたちか？　ジェニスさんはどうしたんだ？」

ストガイがあぐらをかきながらこちらに問いかけてくる。

随分とくつろいでいるが、彼らがいざという時に動けるのは知っているので何も言うまい。

「ジェニスは今後の作戦のためにまだギルドにのこってる。俺たちはその準備をするために来たんだ」

俺はすぐに魔力を集め、召喚魔法を発動する。……さすがに、まだ足りない。だが、魔力回復ポーションを使えばなんとか発動できた。

……おえ。

こんなことなら、事前に召喚しておけば良かったぜ。

リアたちに使い方を簡単に教える。

基本的な銃の使い方は変わらない。あとはスコープを使っての狙撃ができるかどうか。

また、どこの距離までを狙い撃てるかどうかだな。

……何か目標があったほうがいいだろう。ここからちょうど離れた木々に視線を向ける。

まずは、あそこの木を狙ってもらうか。

「リア、あそこの木をゴブリンリーダーだと思って撃ってもらえるか？」

「やってみるわね」

「う、撃つって……あそこまでかなり離れてるぞ？」

俺たちのこれまでの戦闘を見ていたからか、ストガイはすぐに何をしようとしているのかが分かったようだ。

確かにたぶん二百メートルくらいは離れているが……皆のセンスならなんとかなると思う。

スナイパーライフルを構えるリアは……ちょっと胸が強調されている。おい、ストガイ。あんまり見るな、目つぶすぞ。

まったく、なんて失礼な男なんだ。リアはこんなに集中しているというのに……おっぱい、でっか。

ナーフィが一番だが、リアもなかなか……。

俺は軽く深呼吸をしながら、標的にした木へ視線を向ける。

リアがじっと見ていた次の瞬間。引き金が引かれた。

銃声が響き、弾丸が放たれる。弾丸は真《ま》っすぐに放たれたが……当たらない。

「……これ、あたし無理かも。あんまり合わないわ。なんか息苦しいっていうか……」

「……そうか」

リアは少し苦手そうな表情をしていた。それなら、ナーフィだ。

……こちらもお胸がかなり大きいので期待が持てる。

ではない。

ナーフィはそれから何度か狙撃したが、そこまで精度は高くない。

悔しそうに頬を膨らませ、さらに連射するが外す。

ナーフィは、そもそもこういったじっと待って狙撃するようなのは得意じゃなさそうだ。

最後は、アンナだ。

彼女は不安そうにしながら構え、息を吸った。

……その瞬間、周囲の雰囲気が変わったような気がした。アンナはそして、引き金を引き、見事に木を撃ち抜いた。

それも、まぐれではない。

周囲の木々もすべて、撃ち抜いていく。これは、見事だ。

「あ、当たりました」

「おお、凄いなアンナ」

俺が褒めると、アンナは嬉しそうに微笑んでいた。

リアとナーフィも褒めていくと、恥ずかしそうに顔を俯《うつむ》かせながらも、アンナは嬉しそうだ。

「……ま、マジかよ」

破壊された木々を見て、冒険者たちが頬を引き攣《つ》らせていた。

かなりの距離があるというのにこれなんだから、その反応も仕方ないな。

アンナが一番得意な武器はスナイパーライフルなのかもしれない。

今後は、アンナを最後方に置き、俺はその護衛に徹するというのもありかもしれないな。

スナイパーライフルの中には、対物用のものなど威力の高いものもある。

彼女を固定砲台にできれば、今後頑丈な魔物が出てきても問題ないかもしれないし……夢が広がるな。

「次はさらにもっと離れたあの木を狙ってくれ」

「分かりました」

アンナに指示を出し、距離の限界を確かめる。

いろいろ試してみた結果、射程としては三百メートルくらいまでなら問題なく撃ち抜けそうだ。

練習を重ねれば、さらに距離は伸ばせるかもしれないが、今はこれだけあれば十分だろう。

次に俺もスナイパーライフルを借りて、やってみる。

距離としては俺も同じくらいだ。アンナに並ぶくらいはできそうだな。

ただ、俺の場合はアンナほどではない。

スナイパーライフルの扱いに関しては、俺もなかなか上位に食い込めるかもしれない。

「ちょっとハズレたな」

「……いや、シドーもすげぇけどな。その武器、シドーが作ってんだろ？」

「まあ、な」

俺は召喚しているだけなので、ちょっとその褒め言葉が胸に痛い。

「……あの距離を魔法で射抜くなんてまず難しいぜ？　そもそも、魔法をあそこまで放ったら、威力も相当下がるしな」

「弓じゃ……絶対無理」

俺たちの狙撃を見ていたストガイたちが、頬を引き攣らせながらそんな感想を言ってくる。

……やっぱり、地球の銃火器はこの世界だと過剰火力っぽいな。

「ご主人様も、十分やれそうでしたね」

「アンナには負けるがな。作戦実行時は、基本的にアンナに狙撃してもらおうと思う。頼んでもいいか？」

「……はい。分かりました」

取りあえず、そんなことをしている間に魔力も回復したので、俺は魔力回復薬を用意し、再び召喚魔法を発動する。

今回召喚するのは……アサルトライフルだ。魔力を結構使ったが、これも問題なく召喚できた。

これはゲームでも使ったことがある見た目だ。

名前までは……よく覚えていないが。

弾数は三十発……これだけあれば、群れでくるゴブリンたちを一掃できるだろう。

ハンドガンよりも反動はあるが、射程も伸びる。近づいてくる前に前のゴブリンを殺せば、それに巻き込まれたゴブリンを仕留めることもできるだろう。

アンナがゴブリンリーダーたちを狙撃する予定だが、失敗した時や魔物に囲まれたときはこれで応戦できるようにした方がいいだろう。

……どうなるか分からないが、準備は万全にしておく必要がある。

めっちゃ気分悪いが、アサルトライフルをさらに三つ、召喚しておく。

全員が装備できるようにな。

「リア……メルトロウたちに、ゴブリンリーダー討伐作戦ができるってこと、伝えてきてくれ……」

「分かったわ」

「わ、私も行きますね。ナーフィちゃんご主人様を見守っててください」

「ん」

リアとアンナにそちらは任せ、俺はブルーシートを敷いて横になる。

面倒を見てくれ、と頼まれたからかナーフィが頭を撫《な》でてくれた。

……うん、心地いい。膝枕までしてくれ、もうこのまま眠りにつきたいところだ。

そんなことを考えてうとうとしていると、ジェニスとメルトロウがこちらへとやってきた。

ジェニスは片手に丸めた紙を持っている。おそらくは地図ではないだろうか。

「おお、シドー。作戦が実行できると聞いたからきたんだが大丈夫か？」

「あ、ああ。一応な」

さっきよりは、だいぶ体の調子も良くなってきた。

軽く伸びをしてから立ち上がると、ジェニスが口を開いた。

「これから……リーダーを狙って攻撃を仕掛けようかと思っているが、どういう作戦なんだ?」

「俺たち四人で、こっそりとゴブリンリーダーだけを倒してくるっていう作戦だ」

今回の作戦は、隠密行動だ。もちろん、ジェニスがいた方がいいのかもしれないが、俺としてはむしろいないほうが自由に戦えるからこのほうがいいと思っている。

「……君たちだけで行くのかい⁉　君たちが強いのは分かっているが……さすがにそれは危険だ!」

ジェニスの言葉に、メルトロウも渋い顔で口を開く。

「若いのよ。ここで活躍して名声をあげたい気持ちは分かるが……生き急ぐんじゃない」

「そういうわけじゃないんだが……今回の作戦は、実際に見てもらった方が早いか。ちょっとついてきてくれ」

まだジェニスたちは俺たちがどうやってゴブリンリーダーを狙うかを見ていない。

それを見せれば、隠密行動をする理由も分かるだろう。

ジェニスとメルトロウが顔を見合わせてから、俺のあとをついてくる。

再び門に戻ってくると、ストガイがジェニスに敬礼をしている。ジェニスは微笑のみを返し、それからこちらを見てくる。

「それで……ここにきて何をするんだい？」

「あそこに倒れている木々が見えないか？」

「……ん？　ああ、見えるけど」

ジェニスは目を細めながらその木を見ていた。……先ほどの俺たちの狙撃練習で薙《な》ぎ払われた木々たちだ。

「……あれもゴブリンたちの仕業かい？」

すみません……俺たちです……。

「アンナ。一度、見本を見せてくれるか？」

「はい……！　分かりました……！」

少し、緊張した様子であったがアンナは俺の言葉に頷き、それからスナイパーライフルを取り出す。

アンナは慣れた様子でスナイパーライフルを構えている。

「……あの武器はなんだ？」

「シドーが作った魔道具だ。オレも、あんな大きなものをみたのは初めてだけど」

「アンナ、あの倒れている木を狙撃してくれるか？」

根の部分が射抜かれ、倒れた木を目標にすると、アンナはこくりと頷いてスコープを覗《のぞ》いた。

俺の指示を聞いていたジェニスとメルトロウが、目を見開いている。

「まさか、そんなことできるわけがない」。ジェニスはともかく、メルトロウは完全に疑って見ている。

――アンナが引き金を引く。

倒れていた木が射抜かれ、吹き飛ぶ。

「……な⁉」

驚きの声をあげたのはメルトロウだ。ジェニスは、ただただ乾いた笑い声を上げていた。

「す、凄いな……あの距離を、あの威力で射抜くなんて……！」

「こういうわけだ。俺たちなら無理に近づかなくても戦える。あんまり大勢で動くと見つかる可能性もあるし、そもそもゴブリンリーダーたちが村に襲ってくる可能性もある。ってわけで、別行動はどうだ？」

ここまで見せれば、ジェニスもメルトロウも納得してくれたようだ。

それまでの疑いの目から、メルトロウは完全に希望に溢《あふ》れた顔でこちらを見てくる。

「……ああ！　これなら、確かに下手な人数を動かすよりも断然いいな。……頼む、この村に力を貸してくれ」

メルトロウが頭を下げてきて、俺は苦笑を返す。

「ああ、任せてくれ」

これで、あとはうまく狙撃してくれれば問題ない。

ジェニスが二つの魔石を取り出し、そのうちの一つをこちらに差し出してきた。

「この魔石を持っていってくれ」

「……これは？」

「遠くとやりとりをするときに使う魔道具だ。連結させている魔石同士だと通話が可能でな。魔力を込めてみてくれ」

言われた通り、魔石に魔力を入れてみると、

『声が聞こえるか？』

「おお、聞こえるな」

『そういうわけだ。何かあれば、連絡をくれ』

「分かった」

ようはトランシーバーみたいなものだろう。

なくさないようにしたいが、収納魔法にしまっていたら声も届かないだろう。いつ連絡がくるかも分からないので、ポケットに魔石をしまっておいた。

俺たちは、ジェニスから地図を受け取り、すぐに村を出発した。

……ゴブリンリーダーが発見されている場所は全部で五カ所。全部で七体いるそうだが、残り二カ所はまだ見つかっていないようだ。

取りあえず、今回の目標はこの五カ所のゴブリンリーダーを仕留めるのが目的だ。

そして、気をつけることとして、ゴブリンたちの進化が早いこともある。

『もしかしたら、こうしている間にもリーダーは増えているかもしれない。気をつけてくれ』

とジェニスからだ。

確かにそうだよな……。

そんなこんなで受け取った地図を見ながら、南の森へと進んでいく。

この村からさらに南には森が広がっており、そこを越えた先には別の国の国境があるらしい。

……ただまあ、この森は広大らしいので、森を通るのは現実的ではないそうだ。

ちゃんと、道が開拓されているのでそちらを通っていく方がいいだろうとのことだ。

俺たちは第一の目撃地点へと向かう。場所は川の近く。俺は用意していた双眼鏡で覗いてみると、確かにゴブリンたちがいた。

……一丁前に家のようなものもあるな。木と木を合わせ、大きい葉を合わせた簡素な家だが……家は家だ。

家は一つしかなく、そこにゴブリンリーダーが座って休んでいるようだ。

傍には、メスのゴブリンなのかね？　ゴブリンリーダーが二体のゴブリンを添い寝させ、休んでいる。

部下のゴブリンはかなり多くいて、今もどこかで狩ってきた魔物が運び込まれ、火を使って魔物の肉を焼いている。

……本当、かなりレベルが高いな。

ゴブリンの数は……ざっと五十体くらいか？　確かに、あれを全部仕留めるのは無理だな。

ただまあ、固まっているし、手榴弾《しゅりゅうだん》を何個か投げれば大半は仕留められそうではあるんだが。

まあ、今回はゴブリンリーダーを仕留めれば良いだろう。

「アンナ、狙撃を頼めるか……？」

「……は、はい」

アンナは少し緊張しているように見える。

リアが心配した様子で声をかけようとしていたが、俺はすっとチョコレートを取り出した。

匂《にお》いにつられたのか、ナーフィが顔を寄せてくる。こら、今はアンナの分だ。

「アンナ。そんな緊張するな。さっきと同じようにやればいいんだ」

「……そ、そうですね」

チョコを彼女にあげると、幸せそうに口元を緩める。

「これで、さっきよりもバフ効果のおかげもあって集中できるんじゃないか？　それで、さっきよりも近いゴブリンリーダーなら、余裕だろ？」

「……そう、ですね」

俺の言葉に、アンナは納得した様子でスナイパーライフルを構える。

場所が少し悪いので、立ちあがったままゴブリンリーダーを見ている。

……立ったままなので、さっきよりも難しいとは思うのだが、アンナの集中力は凄まじい。

俺も、双眼鏡でゴブリンリーダーの様子を確認する。

おうおう、気持ちよさそうに眠っているな。メスのゴブリンの胸を寝ながらもむなんて、かなりのモテゴブリンリーダーじゃないか。

そのまま、何も知らないままあの世にいくんだな。

俺が視線をアンナへ向けると、ちょうど引き金を引いた。

銃声が響いた次の瞬間、ゴブリンたちの集落から悲鳴が上がる。

双眼鏡を覗くと、気持ちよさそうに眠っていたゴブリンリーダーの頭がトマトを踏みつぶしたように汚くなっていた。

……完璧《かんぺき》だな。

「見事だな、アンナ」

ほっと息を吐いていたアンナはそれから嬉しそうに笑った。

「……ありがとうございます」

「……ご褒美《ほうび》のチョコ、食べるか？」

「食べます」

嬉しそうに耳をぴくぴく動かした彼女にチョコをあげた。

……さすがにあげすぎたからか、ナーフィが不服そうに頬を膨らませたので仕方なくナーフィにもあげる。

リアをちらと見る。「別にあたしはそんな子どもみたいに要求してないけど？」という感じで見てきたが、めっちゃ食べたそうにしている。

取りあえず、リアにもあげると、彼女も嬉しそうに口へと運んだ。

ゴブリンたちの方からは悲鳴があがる。

まあ、ゴブリンたちはどこからどう攻撃されたのかも分からないまま、リーダーが死んだのだからびびっているだろうな。

双眼鏡で見てみると、恐怖したゴブリンたちが悲鳴のようなものをあげて逃げ惑っている。

それがさらに周りのゴブリンにも伝染している。必死に宥《なだ》めようとしている奴もいて……あいうのはちょっと厄介になりそうだな。

「アンナ、ついでに何体か射抜いてみてくれ。まだみんなを宥めてる比較的優秀そうな奴らをだ」

「分かりました」

彼女はそれからスナイパーライフルを構え、さらに数体を仕留める。

……動いているゴブリンにも正確に当てられてるな。

まだ気付かれていないようだが、あまり長居をしているとバレる可能性もある。

ゴブリンたちに謎《なぞ》の恐怖を与えることはできたようなので、俺たちは次の狙撃ポイントへと移動した。

そうして、同じように二カ所の狙撃ポイントの敵を撃ち抜いたところで三カ所目にきたのだが……ここは、洞穴が根城にされているようだ。

人間のように入り口に見張りを立てていて、ゴブリンが出入りを繰り返している。

……これは、ちょっと厄介だな。奥の方にゴブリンリーダーがいるのかどうかも分からない。

もういっそのこと、もう少し近づいて手榴弾でも放り込むか？

そんなことを考えていると、スコープを覗いていたアンナがぽつりと呟《つぶや》いた。

「中にいると思います。何か、嫌な魔力が感じられますので」

「そうか。……狙撃できそうか？」

「……さすがに、感覚だけでは難しいです」

「それなら、雑魚を殺して様子をみてみるか。まずはあの見張り二体を狙撃してみてくれ」

「分かりました」

チョコレートを一つあげると、アンナはそれを美味しそうに舐《な》め溶かしてから、スナイパーライフルを構える。

そして、慣れた様子で見張りの二体を射抜いた。すぐにゴブリンたちはパニックになったようで、悲鳴が上がる。

それを聞いてか、洞穴の奥から体の大きなゴブリンが姿を見せた。

「……おっ、リーダーっぽいな」

「狙います」

もう、すっかり職人だ。

双眼鏡で様子を見ていると、すぐにアンナが構え直す。

撃ち抜かれた二体の死体を見て、ゴブリンリーダーは顔を顰《しか》めている。

そして、すぐにアンナがゴブリンリーダーへと弾丸を放った。

狙いは……完璧だ。一撃で仕留め、さらに悲鳴が上がる。

よし、ここも問題ないな。そう思っていた時だった。

ジェニスから受け取っていた魔石から声が聞こえた。

『聞こえるか、シドー⁉』

「ああ、聞こえる。何かあったのか？」

ジェニスの声はどこか慌てたようなものだ。だが、それ以上に彼の後ろの方から騒がしい声が聞こえてきていた。

『村に向かってゴブリンたちの群れが迫ってきているんだ！　そっちの状況はどうだ⁉』

「こっちは……今、三体のゴブリンリーダーを射抜いたところだ」

『……そうかッ！　厄介なことに、ゴブリンたちを率いているのが、ゴブリンリーダーだけじゃなくて……オークもいるんだ！　すぐにこちらに戻れるか⁉』

「ああ、分かった」

魔石での通話を終えると、ナーフィが眉間を寄せていた。

「んっ」

彼女は慌てた様子で腕を引っ張ってくる。いつもとは少し違う様子の彼女は慌てているように感じる。

確かに、さっきの話を聞いていたらそういう反応にもなるな。

「……急いで村に戻るぞ！」

「そうね……っ」

持っていた装備をすべて収納魔法へとしまってから、俺たちは全力で村を目指して走り出した。

まだ村から離れているにもかかわらず、その音は響いていた。

ゴブリンたちと人間たちの交戦する声だ。距離はまだあるのだが、ゴブリンと人間で戦っている。

人間たちは村の外壁を使い、侵入を防ぐように戦っていて、かなり有利そうには見えるが……ゴブリンたちは数の暴力で攻め込んでいる。

……ゴブリンリーダーらしき個体はもちろん、それを従えているると思われるひときわ大きな魔物の姿もあった。

脳裏に、先ほどジェニスが話していた言葉がよぎる。

あれが、オークか。

「結界魔法は使っていないのか？」

「結界魔法は発動してると思うわよ。でも、あくまであれって魔物を弱体化させるだけなのよ……！」

ゴブリンたちには魔法を使える個体もいるようで、少しずつ防壁が破壊されていく。

……このままでは、いずれ村へと侵入されるだろう。

ジェニスを中心に村の入り口で戦っているのだが、それもどんどんと押し込まれている。

状況は、あまりよくない。ゴブリンたちはノリノリで、人間側は少し押されている状況だ。

それらの指揮を行っているのは、オークであり、奴は後方からニタニタと微笑《ほほえ》んでいる。

「……アンナ、オークを狙撃してくれ」

「……分かりました」

……現時点でやるべきことは、リーダーの排除。

先ほど、メルトロウたちが話していたように、このゴブリンたちは賢く、群れで動いている。

俺たちが気付かれていない今、先にリーダーをつぶす方がいいだろう。

それに、俺たちの狙撃について、ジェニスたちは知っている。

オークを狙撃できれば、ジェニスたちも俺たちが戻ってきたことに気付き、士気が上がるかもしれない。

だからこそ、俺は即座にアンナに指示を出しながら、アサルトライフルを構える。

リアとナーフィもアサルトライフルを構えている。

アンナが先ほどゴブリンリーダーを射抜いた時と同じように構える。

そして……弾丸を放った。

その瞬間。

オークがばっとこちらに視線を向けた。

完全に、こちらと目が合った。

――気付かれた。

オークは、事前に話でも聞いていたのか、すかさず体を屈《かが》めた。

頭を狙っていた弾丸は、そのまま宙へと向かっていく。

「があああ！」

オークが咆哮《ほうこう》をあげ、持っていたハンマーのようなものをこちらに向けてきた。

同時に、後方にいたゴブリンたちが一斉にこちらへと振り返り、駆けてくる。

「ナーフィとリアはゴブリンたちをどんどん撃ってくれ。俺は二人がリロードしている間に援護する。アンナは……もう一度オークを狙ってくれ」

「……ご、ごめんなさい……ご主人様、私のせいで……！」

アンナはさっきまでの自信がなくなってしまったようで、申し訳なさそうに頭を下げている。

……この彼女を作り出したのは、おそらく彼女の過去と関係しているのだろう。それは別になんでもいい。

今の彼女が、明るく振る舞えるようにするだけだ。

「大丈夫だから。オークに攻撃を続けてくれれば、あっちもビビって動けないからな。足止めさえしとけば、あとは俺たちと冒険者たちでゴブリンを減らせばいいんだ。だから、アンナは足止めを優先な」

事実、オークはアンナの狙撃を警戒していて、まともに動けない状態だ。

それを見て、アンナも理解したようで、ゆっくりと頷きスコープを覗いた。

「ん」

ナーフィが構え、すぐにゴブリンたちの足を射抜いていく。

……うまい。

前方にいたゴブリンを転がすと、それに引っかかって後ろの個体も倒れる。

リアは確実に仕留めていき、俺は適当に手榴弾を投げ、アサルトライフルを放っていく。

……迫ってきていたゴブリンたちは、その数がどんどんと減っていく。

ハンドガンに比べ、アサルトライフルはやはり強いな。

そして、俺たちが戻ってきたことが分かったからか、村側の冒険者たちの反撃も増していく。

ゴブリンの数が確実にへり、どんどんと状況は追い込まれていく。

無謀に突っ込んできていたゴブリンたちも、この状況に段々と怯《ひる》み始める。

……知能がついてしまったことで、恐怖という感情も覚えてしまった。

だからこそ、魔物のような無謀な突撃ができず、前に進むゴブリンの数が減っていく。

足を緩めたところで、俺たちの射撃が止まるわけではない。

どんどんと近いゴブリンから仕留めていくと、ゴブリンたちは逃げるように散らばっていく。

統率が、取れなくなっていく。

この状況で、焦《あせ》りを感じ始めたのは……オークだ。

「があああ！」

オークが俺たちをまずは退けようと体を起こし、走り出す。

ゴブリンたちの群れに守られていたオークが姿を見せたことで、アンナがそちらにスナイパーライフルを向ける。

オークとしては、完璧な作戦だったはずだ。それが崩されたのだから、相当に怒りも溜まっているのだろう。

先ほどまではこちらを警戒するように動いていたオークだったが、それをやめ突撃してくる。

ターゲットを村から、俺たちに変えた。

ただ、そんな真っすぐ突進してきてくれるのなら——スナイパーライフルの餌食だ。

「ご主人様、いきます」

「ああ」

アンナは、先ほどよりも集中している。

狙いはオークの……腹部。

頭ではかわされると思ったからか、その一撃がオークの腹へと吸い込まれる。

膝《ひざ》をついたオークに、さらにもう一撃。容赦ない狙撃が襲いかかる。

顔を上げたオークの頭を撃ち抜いた。

「……がっ」

短いオークの悲鳴があがり、どさりと背中から崩れ落ちる。

オークが倒れたことで、残っていたゴブリンたちは悲鳴をあげる。

それは恐怖。魔物だというのに、彼らは人間のように分かりやすいほどに顔を青ざめさせていた。

これだけのゴブリンたちが、人間に復讐《ふくしゅう》心を持って生き延びたとなれば、いずれまたここから脅威となる魔物が生み出されるだろう。

「……狩り尽くしたほうが、いいよな」

アサルトライフルを構えなおした俺たちは、静寂に包まれていた戦場へ音を生み出す。

弾丸と悲鳴の音。

それに混ざるように、村の方から歓声にもにた雄叫《おたけ》びがあがる。

戦闘が始まる。俺たちに優勢な状況でだ。

この戦いに、それ以上のイレギュラーが起こることはなかった。

エピローグ

夜。

村では、ゴブリンとオークの討伐を行ったということでささやかな宴《うたげ》が開かれていた。

酒を持ってきたジェニスに首を振る。この世界では俺《おれ》の年齢はもう成人のようだが、俺の体はあくまで日本人だからな。

お酒は二十歳になってからだ。

ジェニスが俺の隣に座り、少し赤くなった顔で笑う。

「村近くにいたゴブリンの大半は仕留められたらしいぜ。これも全部、お前たちのおかげだな。マジで凄《すご》いな！」

「ジェニスたちも戦ったんだから、誰《だれ》のおかげってことはないんじゃないか？」

少なくとも、村でジェニスたちが時間を稼いでいたからこそ、いい感じに挟み撃ちができたんだしな。

「騎士団の方からも連絡があってな。ゴブリンの巣がやっと破壊できたらしいぜ。おまけに、ゴブリンクイーンがいたらしい」

「ゴブリンクイーン？」

「ああ。そいつが優秀な個体を生み出していたらしくてな。親衛隊みたいなゴブリンたち含め、かなりの戦いになっていたらしいぜ」

「……そうだったんだな」

だから、優秀なゴブリンが多くいたんだろうな。

「そこで生み出されたゴブリンたちがあちこちに流れ着いて、群れを作り、進化していって……こんなことになったらしい。それらは全部、見張りの騎士がサボっていたのが原因なんだから、たまったもんじゃないな」

ジェニスが愚痴をこぼしている。

……騎士の見張り、か。

毎回何もなければ、サボって報告するようなこともあるのかもしれない。

それで、こんなに危険なことになっているのだから、確かにジェニスのいう通りたまったものじゃないな。

「まあでも。今回オークの討伐とか全部ちゃんと報告しておいたからな。下手したらCランクへの昇格試験も受けられるかもしれないぞ？」

「……そうか？」

受けて、何か効果があるのかどうかは気になるところだ。

もしかしたら、尊敬が集められるかもしれないが、無駄に注目されても困る。

「おお！　兄貴たち！　ここにいたんですか！」

なんか、ストガイが俺まで兄貴の一人と認めてきてるし……。

笑顔で近づいてきた彼とともに、ジェニスが酒を飲み始める。

「んじゃあ、オレたちは向こうで飲みまくるわ」

「兄貴もあとでこっちもきてくださいよ‼」

楽しそうに二人は歩いていった。

……これが、冒険者なんだろうな。

「ちょっといい？」

ちら、と視線を向けるとリアがこちらを見てきた。

奴隷とか関係なく、宴《うたげ》の間は自由に行動していいと話していたのだが、彼女は俺の隣に座った。

「どうしたんだ？」

「いや……そのまあ、ほら。シドー様の奴隷になってから結構経《た》ったじゃない？」

まあ、確かにな。

彼女らと最初に出会えていなければ、いろいろと大変だっただろう……。

そんなことを考えていると、リアはもじもじとした様子で口を開いた。

「そ、それでね？　……契約の延長をしたいのよ」

「え？　いいのか？」

思いがけないリアの言葉に、俺は思わず聞き返してしまう。

……リアたちと最初に会った時、取りあえずお試しで奴隷契約を伝えた。

俺は経験値が欲しいから、リアたちは食事含めて生活環境が欲しいから。

……ただ、もしもリアたちが満足しなかったらこの関係はあっさりと終わっていただろう。

リアたちは、ひとまず受け入れてくれたってわけで、それが嬉《うれ》しかった。

「三人とも、いいのか？」

「うん。あたしたちで話し合ってね……食事とか、生活とか……そういうの、いろいろ感謝してるのよ」

……良かった。

こちらとしてはいろいろと気を遣っていたが取りあえず問題はなかったようだ。

ほっと胸を撫《な》で下ろしていると、リアがさらにぽつりと続ける。

「……それに、あたしたち三人とも……シドー様は大事に一人の人間として接してくれて……それが嬉しいっていうか……まあ、その……と、とにかく……！　そういうわけで、これからもよろしくお願いします！」

彼女はぺこりと頭を下げてきた。

耳が、少し緊張したように動いていた。

……そんなの、むしろこちらからお願いしたいくらいだった。

「俺も、いろいろと助けてもらってるからな。……これからもよろしくな？」

「うん、よろしくね」

俺がそういうと、リアは嬉しそうに笑ってくれた。

……本当に、彼女たちと出会えてよかったと思っている。

ラフォーン王国を追放されてから、うまく生活できるのかと不安はあったのだが……リアたちがいたおかげでここまでなんとかなったからな。

嬉しそうに安堵《あんど》した様子で笑う彼女だが、むしろ、こっちも契約破棄されないかと不安で仕方なかったからな。

これからも、彼女たちとともに旅をし、召喚魔法を強化する。

そして、どうにかして地球へ戻る手段を見つけたら、あとはラフォーン王国に戻ってクラスメートとともに一緒に地球へと帰還してしまえば、いいだろう。

さて……その日がいつになるのやら。

まあでも、リアたちと一緒ならば、つまらない日々ということはないだろう。

閑話　ラフォーン王国の問題

――シドーたちがクロームド王国でオークを討伐していた頃《ころ》、ラフォーン王国内でも似たような問題が発生していた。


佐藤は冷たい風に身を縮めながら、戦場を見渡していた。

街へと迫ってきていたゴブリンの群れを前にして佐藤は緊張していた。

場所は王都から少し離れた街。大量のゴブリンの巣が発見されたということで、シドーのクラスメートたちがその街へと集められていたところだった。

何度も訓練を行い、すでに全員のレベルは15に到達していた。

そんな佐藤たちだが……実戦は今回が初めてだった。

「勇者様方には、これからこのゴブリンの群れを討伐していただきます」

笑顔とともに騎士たちに守られるように堂々と立っていたアイラ王女の命令が響き渡る。

事前に皆が聞いていた話ではあったが、佐藤は思わず手に汗を握っていた。

アイラ王女の美しい顔は、期待に満ちた輝きを放っているように見えたが、その瞳《ひとみ》の奥には冷たさが潜んでいた。

そんなアイラ王女に、親し気に話しかけたのはクラスメートの高円寺だ。

爽やかなマスクを持ちあせた容姿の整った高円寺は、アイラ王女様のお気に入りだ。

勇者魔法と呼ばれる、まさに最強の魔法を持ち、クラスメート内でつけられたランキングでは序列一位でもある。

ちなみに、アイラ王女が決めたランキングではあるのだが、シドーは最下位である。

「ゴブリンってこの世界で一番弱い魔物なんですよね？」

「ええ、コウエンジ様。訓練通りに戦えば何も問題はありませんよ」

ランキングの高い者たちは、どこか余裕そうにしている。だが、序列二十位の佐藤は緊張でまともに動けない状態だった。

魔物たちを誘導するため、魔物たちが好む魔力をこの街の南門に設置したらしく、今もゴブリンたちは街へと迫ってきている。

そのゴブリンたちの数はかなりのものだし、鋭い牙《きば》や爪《つめ》、そして何より醜悪な顔が遠目ながらにも威圧感があったからだ。

さらにその奥。ゴブリンたちを従えるかのようにゆっくりと悠然と迫ってきているオークを見れば、緊張するなという方が難しい話だった。

「それでは、コウエンジ様。戦闘を開始してくださいな」

「分かりました」

そう笑顔とともに高円寺が持っていた剣を頭上に掲げる。それは、アイラ王女から渡された特別な剣で、佐藤たちが渡されたものよりも数段は斬れ味が良い。

高円寺の魔力が剣へと集まっていくと、すぐに斬撃が放たれた。まっすぐにその斬撃は跳び、ゴブリン数体を斬りつけ、吹き飛ばす。

「……よしっ」

高円寺は嬉《うれ》しそうな声をあげるが、仲間がやられたゴブリンたちは……怒りを増幅させたかのように足を速め、街へと迫る。

そして……戦闘が始まった。

序列の高い人たちはゴブリン相手にそれなりに戦えていたのだが、序列の低い人たちはゴブリン一体でも厳しい。

一応、ついてきていた騎士が危険となれば手を貸してくれていたのだが……その頻度は非常に高い。

最初こそ調子のよかった高円寺含めた序列上位の者たちだったが、あっという間にゴブリンに囲まれ、苦戦していく。

次第に、後退を余儀なくされ、オークがゆっくりと迫ってくる。オークが到着する前にゴブリンを殲滅《せんめつ》するという作戦だったため、アイラ王女の怒りの声が届く。

「……何やっているんですか。さっさと討伐しなさい」

「く、そっ……！」

高円寺が声をあげて剣を振るうが、ゴブリンにかわされ、棍棒《こんぼう》で殴り飛ばされた。

「うぐ……っ⁉」

「……」

アイラ王女の前まで弾《はじ》かれ、ゴブリンが下衆な舌なめずりとともにアイラ王女へと迫ると、アイラ王女の魔法がゴブリンの体を撃ち抜き、仕留めた。

「た、助かりました……王女さ――」

「早く、仕留めなさい。あなたが、この勇者たちのリーダーなのですよ？」

冷たい視線とともにアイラ王女の声が響く。

少し離れたところで戦闘していた佐藤は、その絶対零度の視線に体を震わせ、恐怖していた。

「……っ」

正面で向けられていた高円寺もまた、それまでのようなどこか余裕のある笑みが消え、怯《おび》えた様子で頭を上下に振っていた。

しかし、気持ちの持ちようでどうにかなるわけもない。レベルは十分に高く、訓練も積んでいたにもかかわらず、勇者たちは……苦戦させられていた。

何とかゴブリンたちと戦っていたとき、高円寺たちの顔には疲労と恐怖の色が濃く残っていた。

そんな中、オークが持っていた棍棒を地面へと叩《たた》きつけると、激しく地面が揺れる。

「オーク……！」

佐藤が驚いていると、高円寺もまたぶるりと震え、半歩下がる。

しかし、それを見逃さず、アイラ王女の声が響いた。

「コウエンジ様、あのオークを倒していただかないと困ります」

アイラ王女は冷たく言い放ち、容赦なく命令を下す。

逃げることを許さないといった様子のアイラ王女の言葉に、高円寺たちは悲鳴交じりに攻撃を仕掛ける。

しかし、彼らの攻撃はオークにかわされ、あるいは受けきられる。

「ガアアア！」

苛立《いらだ》った様子でオークが叫ぶと、その魔力の乗った叫びが衝撃波となって高円寺たちを吹き飛ばした。

それからも高円寺を中心に勇者たちは全力を尽くすが、オークの圧倒的な力に次々と押し倒され、状況は絶望的なものとなる。

「あが⁉」

オークの棍棒によって高円寺が吹き飛ばされると、戦局は一気に崩壊した。

「だ、ダメだ……！　ダメです王女様！」

よろよろと起き上がった高円寺がそう言うと、

「……ちっ。ゴミかよ」

アイラ王女が苛立った様子でそう呟《つぶや》くと、すぐに騎士たちが前に出て、仕留めていった。


オークとゴブリンの群れの討伐は、騎士たちがメインになって終了した。

結果だけみれば勇者たちも多少の怪我《けが》のみで、問題なかったのだが、アイラ王女の心中は穏やかではなかった。

滞在していた街の高級ホテルの一室にて、アイラ王女は不満を露《あら》わにしていた。

「何が、どうなっている……？」

アイラ王女は唇を噛《か》みしめ、不満と苛立ちを隠さない。彼女の目には、勇者たちがただの無力な存在にしか映っていなかった。

「せっかく、召喚魔法でこれだけの人数を召喚したというのに……なぜこんなことになっているのかしら、まったく」

召喚魔法といった瞬間、シドーのことを思い出し、さらに不機嫌になって舌打ちする。

あの無価値な召喚士を追い出したはずなのに、なぜこんなにも勇者たちが弱いのか。

彼女の怒りは募るばかりだった。

そんな時、騎士の一人が急いで駆け寄ってきた。

「あ、あの……王女様。例の追放した勇者の追跡を任していた者から連絡があったのですが」

「……ああ、そういえば念のためにそんなこともしていましたね。それが何かありましたか？　もしかして、惨めに死んだとかでしょうか？　だとしたら、ウケますが」

くすくすとその光景を想像し、アイラ王女は溜飲《りゅういん》を下げていたのだが……騎士の表情は険しくなる。

「そ、それがクロームド王国でシドーと思われる勇者が、ゴブリンの群れを討伐したとの情報が入りました」

「……なんですって？」

その言葉を聞いた瞬間、アイラ王女の顔が蒼白《そうはく》になり、次第に怒りの赤みが差していった。

「クロームド王国で、ゴブリンの群れを？　どういうことですか？」

「……そ、それが見たこともない異国の武器を使い、あっという間にオークやゴブリンの群れを討伐していったらしく……」

「…………っ」

その話を聞いた瞬間、アイラ王女はその場で足を踏み鳴らし、苛立ちを隠そうともしなかった。騎士はもう、気が気ではなかった。

シドーが堂々と行動していることが彼女の耳に届き、怒りは頂点に達する。

「ど、どのように……返事をしましょうか。……追跡者から、シドーに接触して王城に戻ってきてもらうよう話をするか……」

「私の判断が間違っていたというのですか？」

「い、いえそういうことではなく……」

「ああ……もう！　気に食わない！　何とかして、シドーを連れ戻しなさい！」

「……で、ですが――」

「早く、いきなさい！」

アイラ王女は最後にもう一度怒鳴り散らかし、騎士は涙目で体を震わせるしかなかった。

あとがき

初めまして、木嶋隆太と申します。この度は本作をお手に取っていただき、誠にありがとうございます。

この作品は、ちょっと不思議な異世界召喚物語となっております。主人公が特殊な召喚魔法を手にして奮闘する様子を描きつつ、仲間との絆や異世界での新しい生活を楽しむ姿を通じて、冒険や成長の物語をお届けできればと思います。まあ、いろいろと語りましたが、三人の可愛《かわい》いヒロインたちにお腹《なか》いっぱい食事をさせたい、という思いからこちらの作品は生まれました。

本作では、主人公が次第に自分の力の可能性に気づき、少しずつ前に進んでいきます。そういった彼の姿が、読者の皆様に少しでも共感や勇気を与えられるものになっていれば幸いです。

執筆中は、主人公が召喚する「現代アイテム」をどう物語に絡《から》めるかや、異世界の文化や社会構造をどう描写するかに頭を悩ませましたが、その過程もまた楽しいものでした。

それでは、謝辞を。

この本を世に送り出すまでには、多くの方々のご協力をいただきました。編集者様をはじめ、本作のイラストを手がけてくださった鈴穂ほたる様の素晴らしいイラストが、本作に彩りと命を吹き込んでくださいました。この場を借りて、心より感謝申し上げます。

そして何より、本作を手に取り読んでくださった読者の皆様に深く御礼申し上げます。

最後に、主人公の成長や異世界での冒険はまだ始まったばかりです。続編では、さらにスリリングな展開や旅をさせたいです。そのためには世知辛いですが、一巻の売り上げ次第になります。ですので、もしもあとがきから先に目を通しているという方は、ぜひともそのままレジまでもっていっていただけると嬉《うれ》しいです。

あっ、購入してくださった方は、周りの人にオススメいただけると嬉しいです！

それでは、また次の冒険でお会いできることを願って。

ファンレター、作品の
ご感想をお待ちしています

〈あて先〉

〒105-0001
東京都港区虎ノ門2-2-1
ＳＢクリエイティブ（株）
GA文庫編集部 気付

「木嶋隆太先生」係
「鈴穂ほたる先生」係

本書に関するご意見・ご感想は
右の QR コードよりお寄せください。

※アクセスの際や登録時に発生する通信費等はご負担ください。

https://ga.sbcr.jp/

俺の召喚魔法がおかしい
～雑魚すぎると追放された召喚魔法使いの俺は、現代兵器を召喚して育成チートで無双する～

発　行　　2025年3月31日　初版第一刷発行
著　者　　木嶋隆太
発行者　　出井貴完

発行所　　SBクリエイティブ株式会社
〒105-0001
東京都港区虎ノ門2-2-1

装　丁　　AFTERGLOW

印刷・製本　中央精版印刷株式会社

ISBN978-4-8156-2959-5
Printed in Japan　　GA文庫

～雑魚すぎると追放された
召喚魔法使いの俺は、
現代兵器を
俺の召喚魔法がおかしい
召喚して
育成チートで無双する～
木嶋隆太 ill. 鈴穂ほたる
2巻 2025年夏頃発売予定!!

試読版は
こちら!

試読版は
こちら!

第18回GA文庫大賞
GA文庫では10代～20代のライトノベル読者に向けた魅力溢れるエンターテインメント作品を募集します!
創造が、現実《リアル》を超える。
イラスト／りいちゅ
大賞賞金300万円+コミカライズ確約!
◆募集内容◆
広義のエンターテインメント小説(ファンタジー、ラブコメ、学園など)で、日本語で書かれた未発表のオリジナル作品を募集します。希望者全員に評価シートを送付します。
※入賞作は当社にて刊行いたします。詳しくは募集要項をご確認下さい。
全入賞作品を刊行までサポート!!
応募の詳細はGA文庫公式ホームページにて
https://ga.sbcr.jp/